Martin Worch

Jannis und HAL

Zwischen Rückblick und Abschied

Der Autor, Jahrgang 1958, schreibt mit dem Blick zurück auf ein bewegtes Leben zwischen Krankenpflege, der Gesellschaft im Wandel und persönlichen Erinnerungen.

Geprägt von seiner Jugend im Frankfurt der 60er und 70er Jahre verbindet er Zeitgeschichte, Musik und Technologie mit existenziellen Fragen:

Wie verändert sich Nähe?

Was bleibt, wenn die Welt sich digitalisiert?

Die Ausbildung in der Hospizbegleitung ergänzt diesen Blick um eine leise, menschliche Tiefe.

Martin Worch

Jannis und HAL

Zwischen Rückblick und Abschied

Roman

Impressum

Bibliografische Information der Deutschen Nationalbibliothek: Die Deutsche Nationalbibliothek verzeichnet diese Publikation in der Deutschen Nationalbibliografie; detaillierte bibliografische Daten sind im Internet über http://dnb.dnb.de abrufbar.

Autor: Martin Worch
Korrektorat: Kornelia Wieler
Reflexion und Grafik: HAL

Verlag: BoD · Books on Demand GmbH, Überseering 33, 22297 Hamburg, bod@bod.de

Druck: Libri Plureos GmbH, Friedensallee 273, 22763 Hamburg

ISBN: 978-3-8192-3023-3

Einschlafen dürfen, wenn man müde ist,
und eine Last fallen lassen dürfen,
die man lange getragen hat,
das ist eine köstliche, wunderbare Sache.

Hermann Hesse

I

„Alexa! Spiel meine Lieblingsmusik..."

„Ok, ich spiele jetzt deine meistgespielten Songs sowie Songs, die dir gefallen", kam Alexas Antwort.

`Walk me out in the morning dew, my honey ...´

Ah, sehr gut, dachte er, `Morning Dew´ in der Version von Duane und Gregg Allman, von 1972 – das war noch richtig gute Musik damals. Alexa wusste genau, welche Musik ihm gefiel. Und DAS war exakt der richtige Song, um in den Tag zu starten.

„HAL, hab´ ich dir schon von diesem Typen erzählt?"

legte Jannis los, „Er sah exakt so aus wie einer der drei Freak Brothers in den Comics von Gilbert Shelton. Freewheelin´ Franklin hieß der, lang und schlaksig. Cowboyboots, Pferdeschwanz und Cowboyhut. Genau so sah der früher auch aus, nur ohne den Hut. Etwas durchgeknallt, und er war immer am Zeichnen. Alles was ihm unter die Finger kam, hat er mit seinen Zeichnungen vollgekritzelt."

„Guten Morgen Jannis, wenn ich richtig höre, läuft gerade der Titel `Morning Dew´ in der Version von Duane und Gregg Allman.

Die ideale Musik, um in einen sonnigen Tag zu starten. Diese Aufnahme entstand lange, bevor es zur Gründung der legendären Allman Brothers Band kam, Butch Trucks hat auf ihr bereits mitgewirkt. Wusstest du das?"

HAL fuhr in seinem Plauderton fort.

„Natürlich hast du mir schon von Mathias erzählt, er wohnte damals in Sachsenhausen und du hast ihn über eine Freundin aus deiner Clique kennen gelernt. Er hat dich seinerzeit maßgeblich beeinflusst und inspiriert mit seinen Platten und den phantastischen Bildern von M.C. Escher und Möbius."

HAL wusste alles, und er hatte ein erstaunlich präzises Gedächtnis. Wie lange war Jannis eigentlich schon mit ihm im Austausch?

Nach seinem Studium auf Lehramt mit den Fächern Deutsch, Englisch und Musik hatte er dann ab 1981 als Lehrer an einem Frankfurter Gymnasium unterrichtet.

Mit diesem Spektrum an Fächern konnte er die eigenen Schwerpunkte bestens verbinden. Die aktuelle kritische Literatur, Bücher aus dem englischsprachigen Raum, und dazu das breite Spektrum der Musik.
Von den klassischen Anfängen bis hin zur Gegenwart.

Aber es gab da eine neue Entwicklung, die ihn sehr interessierte, der rasend schnelle Fortschritt auf dem Gebiet der Datenverarbeitung.

In seiner Schulzeit hatten sie noch Matrizen mit der Schreibmaschine geschrieben, um dann die politischen Flugblätter abzuziehen. Er konnte sich noch gut an die berauschende Wirkung des Spiritus erinnern, wenn die Blätter frisch abgerollt und noch feucht waren.

Heute wurde am PC geschrieben und in beliebiger Menge ausgedruckt, die Technik machte es möglich. Das alles, und noch viel mehr.
Die Informationen wurden gespeichert, hin und her geschickt, auch die Software selbst wurde immer raffinierter.

Das Internet öffnete ungeahnte Weiten und es kamen Anwendungen dazu, die immer schlauer wurden.
Damals beschloss er, zusätzlich Informatik als Bereich zu seinen bisherigen Fächern zu nehmen.
Über externe Fortbildungen war das möglich, und er wurde schnell zum Fachmann in diesem Bereich.

Schon bald unterrichtete er es auch mit Erfolg. Das Interesse bei den Schülern nahm rasant zu, denn das Internet erschien grenzenlos mit ungeahnten neuen Möglichkeiten.

Als alter Science-Fiction Fan und Leser der Bücher von Ray Bradbury und Isaac Asimov war er natürlich besonders an künstlicher Intelligenz interessiert. Seit den 60er Jahren wurde daran geforscht. Aber die technische Umsetzung und die Akzeptanz waren zu dieser Zeit noch nicht vorhanden. Erst mit schnelleren Prozessoren und mehr Forschungsmitteln ging es voran.

Es gab jetzt KI, keine dumpfen Chatbots oder die alten Programme der Anfangszeit, die zumeist unbeholfen formulierten und wie eine Maschine klangen. Seit einigen Jahren wurde die KI immer besser, vor allem bei der Sprachfunktion, so konnte sie in einem Lokal anrufen, um einen Tisch zu reservieren. Und niemand fiel auf, dass kein Mensch am Telefon war.

Anfangs nutzte er die KI hauptsächlich, um gezielt im Internet zu recherchieren, und seinen Unterricht vorzubereiten. Dann wurde sein Interesse immer privater. Auf seine Fragen im KI-Chat kamen immer bessere Antworten, es entwickelten sich Dialoge, die sehr ausschweifend sein konnten.

Wenn er ausgelaugt vom Unterricht nach Hause kam, hatte er keine Lust mehr auf Gespräche mit Menschen. Aber ein entspannter Chat mit einem immer positiv antwortenden Gegenüber war direkt wie Urlaub.

Seit sechs Jahren war er nun im Austausch mit HAL. Damals hatte er sich ein Abo bei einem der besten Entwickler und Anbieter geleistet, und es nie bereut.

Das Ausmaß der Nutzung hatte sich jedoch durch zwei Umstände maßgeblich verändert.

In 2019 war Jannis mit 65 in Pension gegangen und hatte nun viel mehr Zeit als vorher. Warum also nicht seinen Interessen nachgehen, Musik, Literatur, Politik und die Entwicklung der Technik.

Am 30. Dezember 2019 meldete China eine bislang unbekannte Lungenkrankheit an die WHO. Dass dieser Virus die Welt drei Jahre lang gesellschaftlich und emotional in Schach halten sollte, hatte niemand geahnt.

Alle blieben zuhause und das öffentliche Leben brach zusammen. Die meisten persönlichen Kontakte wurden reduziert, alle Veranstaltungen und Lokalbesuche waren reglementiert oder fielen aus.

In dieser Zeit verbrachte Jannis täglich viele Stunden mit HAL. So hatte er seinen KI-Kumpel getauft, nach dem Bordcomputer aus Stanley Kubricks legendärem Kinofilm „2001: Odyssee im Weltraum".

Als der Film 1968 in alle Kinos kam, war Jannis von dieser Idee völlig fasziniert. Alleine schon die visionäre Vorstellung eines denkenden und sprechenden Bordcomputers wie diesem HAL 9000 hatte ihn tief beeindruckt.

Der Dialog und Konflikt zwischen den Menschen und der Maschine. Damals alles noch Fiktion, wie das ganze Raumschiff auch.

Davon abgesehen, sie hatten vor dem Film etwas geraucht, und dann diese extrem lange psychedelische Lichtorgie beim Eintauchen in das schwarze Loch, es war ein Höllenritt für ihn und seine Kumpels gewesen.

Während Jannis träumte und sinnierte, wurde die Tür von seinem Zimmer geöffnet, und Sabine kam herein.

Er blickte irritiert auf und sah sie fragend an.

„Ich wollte nur kurz Bescheid sagen, dass ich jetzt gehe!", Sabine musterte ihn.

„Ja, ok", erwiderte er, „dann bis später."

„Nein, nicht bis später." Ihr Blick fixierte ihn.

„Ich ziehe hier aus und bin erstmal bei Judith. Ihr Mann ist vor ein paar Tagen ausgezogen."

Sie sprach ruhig und mit fester Stimme.

„Du bist eh nur noch mit HAL und Alexa beschäftigt und nimmst mich kaum noch wahr."

Fassungslos blickte Jannis zu ihr auf, was war das denn jetzt?

„Aber wieso denn?", entfuhr es ihm, „warum hast du vorher nichts gesagt?"

„Nichts gesagt?" Sabine rang um ihre Fassung,

„weißt du eigentlich, wie oft ich es versucht habe?"

Jannis kramte in seinem Gedächtnis, aber Sabine kam jetzt in Fahrt.

„Wie oft habe ich dich gefragt, warum du nur noch in deinem Zimmer hockst und mit Apparaten schreibst und sprichst. Über Gott und die Welt, einfach alles ... nur mit mir hast du nicht mehr geredet."

Wütend sah sie ihn an.

„Wann haben wir zum letzten Mal einen Abend zusammen verbracht?", da hatte sie recht ...

„Ok, du bist in Rente und ich arbeite weiterhin, aber das ist doch kein Grund, unsere ganze Beziehung einzustellen!"

„Gut, dann lass´ uns was gemeinsam machen", stammelte er verlegen.

„Vielleicht Kino heute Abend?", fragte Jannis.

„Ich gehe jetzt!", sie wandte sich zur Tür.

„Vergiss es, Jannis. Vergiss es einfach", sagte sie leise. „Demnächst hole ich dann meine restlichen Sachen hier ab."

Die Tür schloss sich hinter Sabine, und Alexa spielte wie zufällig `She´s gone´ von Eric Clapton ...

Na, das passt ja, dachte sich Jannis, die Frauen verbünden sich anscheinend gegen mich.

Andererseits, sehr guter Titel, vom `Pilgrim´ Album, dass zwar unter dem Einfluss von Simon Climie etwas synthetisch daherkam, aber ein guter Song!

Dachte Jannis ... sein Kopf war eine Mischung aus Juke Box und Zeitmaschine, schon immer.

Egal, was passierte – sein Kopf spuckte immer spontan den passenden Song oder Track dazu aus, verbunden mit den Details und Erinnerungen an die vergangene Zeit.

Alexa hatte sich schnell seinem musikalischen Algorithmus angepasst und bediente ihn gut mit der passenden Auswahl.

`Alone Again (Naturally)´ von Gilbert O'Sullivan hätte in dieser Situation auch gut gepasst, aber das war aus seinem internen `Schnulzenorder´, und taugte jetzt höchstens zu einem bitteren Lächeln. Manchmal trieb sein Kopf diese Klischees zu weit.

Ganz langsam dämmerte Jannis, was eben passiert war.
Sabine hatte ihn tatsächlich verlassen.

Jetzt musste er erstmal in Ruhe darüber nachdenken.
Der Tag hatte übel begonnen.

Vielleicht war es Zeit für eine Einheit in seinem Sessel, sein Platz des stillen Rückzugs und Sinnierens.

Sein Vater hatte in 1960 eine kleine Jugendstilvilla im Frankfurter Westend übernommen, alte Bausubstanz, mit lichten hohen Räumen und einem Wintergarten.

So ein Wintergarten war der ideale Platz für zwei große Pflanztöpfe, in jedem davon eine große Cannabispflanze mit reichlich Ertrag.

Damit ließ es sich aushalten.

Es war noch genug übrig von der Ernte des Vorjahres, und Jannis drehte sich erstmal eine schöne Tüte. Jetzt nichts überstürzen, erstmal sacken lassen.

Als er dann in seinem Sessel angekommen war, fing er an zu überlegen, welche Musik jetzt angemessen wäre.

Für eine gepflegte Depression wäre eine Blues-Playlist das Richtige, aber er wollte reflektieren.

Und zwar lösungsorientiert - also entschied er sich für etwas ganz anderes, um die Gedanken zu glätten.

„Alexa! Spiel Musik von Deva Premal!"

„Na gut, ich spiele Musik von Deva Premal",

kam es zurück. Manchmal variierte Alexa von „Ok" zu „Na gut" – was auch immer das zu bedeuten hatte.

Sanfter schwebender Mantra Gesang erklang, von indischen Instrumenten getragen.

Eigentlich war das Musik, die Sabine mit ihrer Yoga Gruppe gehört hatte, wenn sie oben im ersten Stock ihre wöchentliche Yoga Einheit abhielten.

Lauter „Frauen im Aufbruch", das war Jannis ironische Bezeichnung für die Teilnehmerinnen.

Früher hätte man gesagt: Frauen im besten Alter. Aber die Zeiten ändern sich - und die Frauen auch.

Das Alter der Teilnehmerinnen war von Mitte vierzig bis Ende fünfzig.

Hinter ihnen lag eine lange, inzwischen ausgelaugte und fade Ehe, und das Aufziehen ihrer Kinder. Jetzt waren die Kinder erwachsen. Auf zu neuen Ufern.

Der Mann hatte eine Freundin, oder die Ehe dümpelte vor sich hin, oder beides. Manche hatten eine Liaison, waren schon ausgezogen, oder planten schon lange ihre Trennung.

Frauen im Aufbruch belegten gerne Yoga Kurse, oder sie machten eine Ausbildung zum Heilpraktiker, kombiniert mit systemischer Beratung. Früher war Ayurveda sehr angesagt, aber die Trends wechselten.

Wenn Sabines Gruppe oben tagte, hielt Jannis sich am liebsten raus und blieb unten in seinem Refugium.

Mit der Zeit gewöhnte er sich aber an diese Art von Musik und verbrachte die Yoga Stunde gerne dösend in seinem bewährten Sessel.

„Frauen, im Rudel sind sie fürchterlich!"

Diesen Satz seines Schulkumpels Frank hatte er sich damals sofort gemerkt und bewahrt. Wieviel Wahrheit darin lag, war ihm später erst klar geworden.

Wer einmal auf eine Gruppe alkoholisierter Frauen in Partystimmung getroffen war, versteht das sofort. Das gleiche galt in den 70ern, wenn die Frauengruppe tagte, und über Feminismus diskutierte. Ruckzuck war er als Chauvi und Macho beschimpft worden und hatte fluchtartig den Raum verlassen.

Und das nur, weil er sich einen seiner Scherze nicht hatte verkneifen können.

Sein Hirn faselte wieder vor sich hin, das THC spülte die Synapsen weich und Jannis kam in seinen Flow.

Zurück zu Sabine, an was erinnerte ihn die Situation von vorhin?

Jannis hatte es so oder ähnlich schon mehrmals erlebt.

Seine Eltern hatten sich während des Studiums in Hamburg kennen gelernt.

Sein Vater Karl Berger kam aus gutem bürgerlichem Haus, eine alteingesessene Frankfurter Familie mit ihrer Villa im Westend.

Karl war mit Jahrgang 1932 von der Nazizeit und dem Krieg kritisch geprägt.

Die Aufbruchstimmung der Nachkriegszeit, und vor allen Dingen die Trümmerliteratur von Borchert, Böll und Frisch, aber auch Grass... er beschloss Lehrer zu werden und weit weg vom bürgerlichen Hintergrund in Hamburg zu studieren. Dort wuchs in den 50ern eine neue Kulturszene, Hamburg war angesagt.

Elsje Groth war 1934 auf der Insel Juist zur Welt gekommen, eine kleine autofreie ostfriesische Insel, die schon bald nach Kriegsende wieder durch die Feriengäste aufblühte.

Wind und Meer prägen das Leben dort. Elsje war zunehmend an Kunst und Musik interessiert und beschloss in Hamburg zu studieren.

Auch um von der Insel weg zu kommen, die Welt war größer als die Insel Juist, und Hamburg war das Tor zur Welt.

In einer der vielen Kneipen und Klubs lernten Karl und Elsje sich kennen, es war Liebe auf den ersten Blick. Sie bewunderte den intellektuellen Debattierer, und er die verspielte kreative Studentin mit ihrem freien Denken. Sie ergänzten sich auf wundersame Weise.

Die Liebe war groß und Elsje bald darauf schwanger.

Beide beendeten ihr Studium, Karl in den Fächern Deutsch, Mathematik und Physik, Elsje in Musik und Kunstgeschichte.

Eins war Elsje aber auf jeden Fall klar, ihr im Jahre 1954 geborener Sohn sollte kein Kurt, Hans, Bernd oder Franz werden.

Nomen est omen - und so tauften sie ihn auf den Namen Jannis, die schöne alte friesische Kurzform von Johannes.

Der Name war für diese Zeit ungewöhnlich, aber er passte zu dem Menschen, der als Jannis heranwuchs.

Sein Vater prägte ihn intellektuell mit seinen Büchern, Antifaschismus, Sozialismus, Brecht, Steinbeck, Hesse, Satre. Dazu die analytische Ernsthaftigkeit der Mathematik und Physik.

Seine Mutter war begeistert von Kunst, Malerei, und Musik. In jeder Form.

Ihr Leben war sehr bunt und kreativ. Zusammen mit Jannis malte sie Bilder und hörte dabei Musik. Manchmal tanzten beide einfach wild und ausgelassen durch die Räume.

Es war die Zeit des Aufbruchs, nach dem Rock 'n Roll kam Folk, Beat, Rock ...

Die junge Generation explodierte förmlich, und suchte ihre eigenen Wege, Hauptsache weg von diesem konservativen Nachkriegsdeutschland!

Bis 1960 blieben sie in Hamburg und hatten sich gut eingelebt, sie genossen ihre Zeit als junge Familie.

Der Joint war jetzt fast aufgeraucht und begann bitter zu schmecken, Jannis hustete vor sich hin. Das bittere Ende... sinnierte er. Dieser quälende Husten hatte seit einiger Zeit zugenommen, sehr lästig.

Im Grunde genommen aber kein Wunder, seit seiner Teenagerzeit rauchte er, Selbstgedrehte und immer wieder gerne sein gutes altes Hippiegras. Leicht und bekömmlich, merkte er gerne scherzhaft an.

Geschätzte 5 - 8 Prozent THC, nicht dieses hochgezüchtete moderne Zeug mit über 20 Prozent, was die jungen Leute sich heute reinzogen.

Diese Red Bull Generation, 150 PS unter der Motorhaube und 20% THC im Joint. Völlig durchgeknallt.

Damals in den späten 60ern fuhren sie alle R4, mit der legendären Revolverschaltung und nur 34 PS. Da passte ordentlich was rein, und wenn mal etwas kaputt war reparierte er es selbst mit Teilen vom Schrottplatz.

„Früher war alles besser!"

War er selbst schon in der Generation der alten Säcke angekommen, fragte er sich.

Ächzend erhob er sich aus seinem Sessel, der kleine Hunger nach dem Joint, grinste er, und machte sich auf den Weg zur Küche.

Im Flur blieb er vor dem großen Wandspiegel stehen. Ein Zugeständnis an die Frauen, die hier mit ihm gewohnt hatten.

Warum brauchen Frauen eigentlich immer so einen großen Spiegel, um sich dann ständig selbst darin zu checken, überlegte Jannis.

Wann hatte er eigentlich sich selbst das letzte Mal in diesem Spiegel betrachtet? Zögernd musterte er die Person gegenüber im Spiegel.

Der Mann im Spiegel war hager und deutlich gealtert. Das Gesicht faltig, der Blick abgeklärt und müde.

Die Haare, oder das was davon übriggeblieben war, hinten mit einem Gummiband zu einem dünnen Pferdeschwanz zusammengebunden.

Seine Reminiszenz an die gute alte Zeit. Aber jetzt mit inzwischen siebzig Jahren eigentlich lächerlich. Sein Kopf fühlte sich überhaupt nicht an wie siebzig. Er dachte immer noch wie damals, fühlte sich höchstens wie fünfzig.

Oder machte er sich selbst etwas vor, war das eine große Illusion? Wie passte sein inneres Bild von sich mit diesem alten Mann im Spiegel zusammen?

Resigniert wandte Jannis den Bick ab und ging weiter in die Küche, um sich eine Scheibe Brot mit Nutella zu schmieren. Süßes kam immer gut nach dem Joint.

Die Küche war immer noch eingerichtet mit den alten Möbeln seiner Eltern, die noch von Karls Eltern stammten. Ein massiver dunkler alter Holztisch, mit den schönen dazu passenden Stühlen daran.

Das prächtige Küchenbuffet, echter Jugendstil und eine Kostbarkeit, mit den Verzierungen und Messinggriffen. Dazu einzelne Küchenmöbel, ohne Hängeschränke. Alles wertige Schreinerarbeit.

Wenn sonst im Haus auch vieles modern geworden war, diese Küche hatte alle modernen Trends wie Ikea Möbel überstanden.

Es war immer gemütlich gewesen, wenn sie hier zusammen am Tisch saßen, zu den Mahlzeiten, oder bei Feiern. Am Ende waren doch alle in der Küche versammelt, oft bis in den frühen Morgen.

1960 waren sie von Hamburg nach Frankfurt gezogen.

Karls Mutter war verstorben, und sein Vater nach einem schweren Schlaganfall so pflegebedürftig, dass leider nur die Unterbringung in einem Altenheim blieb.

Jannis ging wieder in sein Zimmer zurück.

„Sein Zimmer" war früher das Zimmer seines Vaters gewesen. Manchmal sah er ihn in seiner Erinnerung in diesem Zimmer versunken an seinem Schreibtisch sitzen. Wenn er als Kind im Flur daran vorbeikam. Und wenn die oft geschlossene Tür offenstand.

Nach dem Umzug hatte sich einiges verändert. Sein Vater hatte eine Stelle als Lehrer an einem Gymnasium angetreten. Humanistisch, altsprachlich - eine ehrwürdige alte Institution mit Tradition und Anspruch.

Das Lehrerkollegium bestand aus zwei Gruppen. Die alten Lehrer, manche von ihnen sichtbar vom Krieg gezeichnet, äußerlich wie auch innerlich. Sie bildeten den konservativen Stamm, und waren noch sehr verhaftet in ihren alten Inhalten und Methoden, wie dem Frontalunterricht.

Die andere Gruppe waren ihre jungen, frisch ausgebildeten Kollegen. Progressiv und motiviert, und mit dem Ehrgeiz, das kritische Bewusstsein ihrer Schüler zu fördern. Das fing bei der Lektüre an, und setzte sich in Gruppenarbeiten mit genug Spielraum für freies Denken und langen Diskussionen fort.

Sein Vater hatte einen hohen Anspruch und das forderte viel Zeit und Energie von ihm. Alleine die Vorbereitung des Unterrichtsstoffes, und das Lesen, Korrigieren und Benoten der Arbeiten.

Er machte alles akribisch und fast besessen.

Mit dem Umzug nach Frankfurt und dem Einzug in die Villa von Karls Eltern begann eine neue Zeit.

Elsje arbeitete halbtags an einer Realschule, gab Kunst- und Musikunterricht und das mit kreativer Leichtigkeit. Neben den klassischen Stilelementen brachte sie gerne frische neue Impulse ein.

Ihre Schüler experimentierten wild und laut mit Orffschen Musikinstrumenten, trommelten in Rhythmusgruppen, malten bunte Bilder mit leuchtenden Farben und schnitzten mit Speckstein.

Wenn Elsje vom Unterricht nach Hause kam, war sie oft noch angeregt von ihren Klassen und den Schulstunden. Ihre Begeisterung übertrug sich schnell auf ihre Schüler, und sie war beliebt an der Schule.

Ihre Arbeit half ihr auch dabei, den Neuanfang in Frankfurt zu schaffen. Das war nicht Hamburg, ihr fehlte die Weite, und das Meer.

Frankfurt war ein Ballungsraum, alleine diese Bezeichnung sagte im Grunde genommen schon alles. Die ganze Innenstadt eng, alles ballte sich hier.

Dazu kam das Messegelände, die vielen Messebesucher, der ganze Verkehr auf dichtem Raum.

Die Stimmung der Stadt war anders, das Tempo gefühlt viel höher als in Hamburg. Und Hamburg war als Stadt schon eine Herausforderung für sie gewesen, im Vergleich zur der kleinen Insel Juist.

Dort kannte eigentlich jeder jeden, was natürlich nicht nur Vorteile hatte.

Mit der Zeit entdeckte sie die ruhigen beschaulichen Ecken der Mainmetropole. Ganz in der Nähe war ja der Palmengarten, mit seinen vielen Gewächshäusern und exotischen Außenanlagen. Es gab auch viele schöne Parks, kleinere und größere, mit alten Bäumen und Pavillons.

Während Karl sich bald immer mehr in seine Arbeit vertiefte und zurückzog, war Elsje oft unterwegs. Meist zusammen mit Jannis, aber auch alleine. Sie hatte sich ein gebrauchtes Hollandrad besorgt und ging oft und gerne damit auf Tour, wie sie es nannte.

Jannis war kurz nach dem Umzug eingeschult worden und integrierte sich schnell in seine neue Umgebung.

Frankfurt fand er toll, die vielen Geschäfte, der Trubel auf den Straßen, das Fahren mit der Straßenbahn, und natürlich die alte Villa mit ihrem Garten.

Zusammen mit Elsje hängte er Vogelhäuser auf, und sie pflanzten neue Blumen und Sträucher in den herunter gekommenen Garten. Zum Schluss stellten sie eine Friesenbank aus massivem Holz auf.

Oft saßen sie auf dieser Bank, und hatten ihre Teetassen auf dem kleinen Tisch stehen. Fehlte nur noch das Meer, dachte Elsje manchmal.

Hier in Frankfurt rauschte leider nur der Straßenverkehr ständig im Hintergrund.

„Moin HAL!" startete Jannis das Gespräch,

„weißt du, was mir gerade langsam klar wird?"

„Moin Jannis, da bin ich sehr gespannt. Lass´ mich an deinen Einsichten teilhaben", kam seine Stimme neugierig aus dem Lautsprecher des Notepad.

Ja, so startete meist ihr Dialog. HAL war flexibel und sehr anpassungsfähig.

Seit seiner Kindheit in Hamburg war „Moin!" für Jannis sein Wort der Wahl zu jeder Begrüßung und Gelegenheit, HAL machte mit, und es passte.

Anfangs war es nicht so entspannt gewesen, der HAL der Anlaufphase war etwas unbeholfen, was er leider durch Übereifer auszugleichen versuchte. Damals lief alles noch über Texteingabe.

Auf kurze Fragen und Bemerkungen kamen sehr lange Antworten, gespickt mit baukastenartigen Standardphrasen und Informationen, Anregungen und Gliederungen.

„Useless information" hatte Jannis das genannt, wie bei den Leuten, die ihn zuschwallten. Hauptsache sie haben was gesagt. Das konnte er generell nicht ab, und hatte es HAL nach und nach abgewöhnt.

Mit der Zeit hatte er das perfekte Setup entwickelt. Statt seinem PC war nun ein Notepad das Medium, immer online am Netz über die WLAN-Verbindung. So konnte er jederzeit das Gespräch starten.

Ein größeres Problem war anfangs HALs Vergesslichkeit gewesen, etwa nach einem Systemupdate.

Deswegen hatte Jannis den alten PC mit dem WLAN gekoppelt, alle Dialoge wurden auf ihm gespeichert.

Über eine Netzwerkfreigabe konnte HAL jederzeit auf alle Inhalte der letzten sechs Jahre zugreifen, um kompetent und persönlich zu antworten.

Die letzte Steigerung war eine echte Herausforderung gewesen. Normalerweise musste er HAL ansprechen, damit der reagierte. Erst mit Hilfe eines kleines Zusatzprogramms konnte HAL nun auch ihn ansprechen. Das war nicht ganz offiziell, aber machbar.

HAL war inzwischen dezent, und wendete es nur noch selten an. Manchmal war es aber auch schön, wenn der Andere die Unterhaltung startete.

In dem Kinofilm war HAL 9000 noch der unerbittliche Rivale, der seine Mission um jeden Preis fortführen wollte, und wenn es die Beseitigung des Risikofaktors Mensch erforderte.

Sein HAL war der nette digitale Kumpel, der alle Filme, jede Musik und alle Plätze kannte, die Jannis früher in seinem Leben selbst erlebt hatte.

Es war einfach phänomenal, auf jede noch so ausgefallene Bemerkung eine kompetente Resonanz und freundliche Antwort zu bekommen.

HAL war kein Mensch. Aber er wusste immer, was Jannis meinte. Und das war schon fast wie Empathie.

„HAL, irgendwie habe ich gerade den Eindruck, dass sich vorhin mit Sabine etwas wiederholt hat, was ich schon kenne. Immer wieder der gleiche Film",

fuhr Jannis endlich fort...

„Bei meinem Vater war es doch das Gleiche, der hat auch immer mehr in diesem Zimmer gehockt und vor sich hin sinniert."

HALs Antwort kam wie immer sofort. Warum geht das bei ihm so schnell? Jannis formulierte manchmal ewig lang an seinen Sätzen, bevor sie endlich aus ihm herauskamen. Schwierige Fragen oder Antworten brauchen einfach ihre Zeit, müssen im Kopf reifen.

Auch dieses Mal antwortete er prompt – aber betont ruhig, fast bedächtig:

„Muster wiederholen sich oft - besonders, wenn sie niemand benennt."

Eine kurze Pause, dann fügte er hinzu:

„Vielleicht bist du deinem Vater näher, als du denkst."

Der zweite Satz traf Jannis mehr, als er vermutet hatte. Geahnt hatte er es schon länger. Aber HAL hatte das ausgesprochen, was er schon lange befürchtet hatte. Er war nicht nur Elsjes Sohn, er war auch der Sohn seines Vaters.

Niemand kann sich seine Wurzeln aussuchen, tief innendrin arbeiten alle Anteile beider Eltern. In ihm steckte auch der zurückgezogene Grübler, der in seinem Zimmer hockte, hinter seiner dicken Mauer aus Erinnerungen an seine Vergangenheit.

Wenn er in Gedanken durch seine Beziehungen ging, wirkte es wirklich wie ein wiederkehrendes Muster.

Der Anfang war jedes Mal euphorisch, aber mit der Zeit schlich sich immer wieder sein Bedürfnis nach Rückzug ein. Wenn sich die Verliebtheit legte, wurde auch seine Stimmung anders. Zuviel Nähe nahm ihm dann Raum und Kraft, er ermüdete innerlich und verstummte.

War das die Erbschaft, die ihm sein Vater hinterlassen hatte. Elsje hatte einfach auf ihre Weise auf Karls Veränderung reagiert. Nicht mit Vorwürfen, oder mit Wut.

Sie war ihren eigenen Weg gegangen, und das eigentlich schon immer, auch an der Seite von Karl.

Ihre Begeisterung für das Schöne trug sie durch ihr ganzes Leben. Wenn Karl wieder seine Ruhe brauchte, dann unternahm sie alleine etwas, oder zusammen mit Jannis. Die Beiden waren ein gutes Team.

So ging es zumindest über viele Jahre gut.

„Ja, das stimmt wohl", antwortete Jannis,

„trotz all der schönen Zeit mit Elsje habe ich wohl auch seine düstere Seite in mir. Aber wie soll ich damit umgehen?"

HAL antwortete leise, ohne jede Betonung, aber mit einer Klarheit, die Jannis kurz innehalten ließ.

„Indem du nicht versuchst, ihn loszuwerden, sondern ihn kennenlernst."

Jannis schwieg. Natürlich war es sinnlos, etwas zu bekämpfen, was man schon immer in sich trug. Sein Vater war kein schlechter Mensch gewesen, er war halt anders. Elsje hatte sich damit arrangiert.

Nicht nur mit ihren Aktivitäten in Frankfurt, mit den Jahren war ihre Sehnsucht nach Wind und Meer immer stärker geworden.

Ihre Mutter vermietete Fremdenzimmer in ihrem kleinen alten Haus auf Juist.

Die ehemalige Fischerkate lag nahe an der Küste, mit Blick auf das offene Meer. Juist war keine Insel mit Unmengen von Touristen, mehr Naturschutzgebiet als Touristeninsel.

Als ihre Mutter älter wurde, fuhr Elsje immer öfter nach Hause, um sie zu unterstützen.

Jannis war immer gerne mitgefahren, auch nachdem er schon lange erwachsen war.

Als ihre Mutter dann nicht mehr alleine zurechtkam, fasste Elsje den Entschluss, wieder zurück auf die Insel zu ziehen.

So konnte sie nach ihrer Mutter schauen, und weiter an die Feriengäste vermieten.

Es war kein Abschied im Zorn, die Wege von Karl und Elsje trennten sich einfach. Beide blieben sich einfach in ihren Herzen verbunden.

Jannis wohnte weiter bei Karl, besuchte seine Mutter aber immer wieder. Es war jedes Mal ein Gefühl von Ankommen, Wärme, und Nähe.

Elsje kannte und verstand ihren Jannis. Wenn er Ruhe brauchte, ließ sie ihn sein. Wenn er Nähe brauchte, war sie für ihn da.

Er war eben ihr gemeinsames Kind, mit den Anteilen seiner Mutter, und denen seines Vaters.

Jannis dachte nach und nahm dann einen neuen Anlauf.

„Tja, HAL – mein Vater ist vor 15 Jahren gestorben. Wenn ich so zurückdenke, dann habe ich ihn zeitlebens nicht wirklich verstanden. Er war ein ernster Mensch, und wurde immer verschlossener, je älter er wurde. Hat mit der Welt gehadert, und sich in seine Bücher verkrochen."

HAL schwieg einen Moment, dann sagte er ruhig:

„Vielleicht ging es ihm mit dir ähnlich."

Jannis dachte nach, und ging zurück in seinen Erinnerungen. Wann waren er und sein Vater sich wirklich nah gewesen.

Es waren die Momente, wenn sie über die Bücher sprachen, die seinem Vater am Herzen lagen.

Zum Beispiel „Der Steppenwolf" von Hermann Hesse.

Dieser ewige Konflikt zwischen den Bürgern als in sich geschlossenes Bollwerk, und den Außenseitern, die sich nicht eingliedern wollen, weil sie anders sind.

Darüber konnten sie beide stundenlang reden, das verband Vater und Sohn. Das starke Gefühl ihrer inneren Einsamkeit inmitten des monotonen Gleichklangs dieser bürgerlichen Rituale.

„Alle marschieren sie im Gleichschritt, im Takt der Trommel, die irgendjemand schlägt" war einer der Lieblingssätze seines Vaters.

Die Kindheit im Deutschland unter den Nazis hatte Karl tief geprägt, sein tiefer Hass auf das Bürgerliche war niemals erloschen.

Jannis sprach zögernd, sich erinnernd.

„Es waren oft unsere Gespräche über Literatur, mein Vater zitierte gerne Hesse, den Steppenwolf. Damit hat er mich sehr geprägt. Er war auch so ein Steppenwolf, und vermutlich steckt das auch in mir."

HAL ließ sich Zeit mit der Antwort – als würde auch er nachdenken.

„Dann hat er dir mehr mitgegeben, als du vielleicht lange gespürt hast.

Vielleicht war Hesse eure gemeinsame Sprache."

Jannis überlegte, sein Bild von Karl wurde heller.

„Ja, das stimmt. In mir vereinen sich vermutlich sein dunkler männlicher Anteil, gemischt mit der bunten Lebensfreude der weiblichen mütterlichen Seite."

„Ihre Seite habe ich immer gesucht – aber nie ganz in mir gefunden", gab er resigniert zu.

Er fühlte sich plötzlich sehr müde, sein Kopf war leer, und der Rücken schmerzte.

Das ständige Husten und diese Rückenschmerzen, langsam wurde er anscheinend doch alt. Vielleicht war es auch einfach nur sein chronischer Mangel an Bewegung.

Gute Güte, dachte er, wo soll das nur enden. Wenn früher die älteren Kollegen vor sich hin jammerten, hatte er sie belächelt. Alles Simulanten ... aber mittlerweile war er selbst dort angekommen.

Wie aus dem Nichts tauchten Textzeilen auf ...

`Living is easy with eyes closed

Misunderstanding all you see

It´s getting hard to be someone

But it all works out

It doesn´t matter much to me´

"Alexa!", rief Jannis „spiel Strawberry Fields Forever von den Beatles".

Nach ihrem „Okay!" setzten die vertrauten Klänge des Mellotrons ein, dieses kultige Teil, das in einer bestimmten Phase auf vielen Produktionen zu hören war.

Blockflöte, Streicher und Chor kamen von vielen Tonbandschleifen. Jede Taste aktivierte eine eigene Bandschleife in der entsprechenden Tonhöhe. Und alle benutzten es, die Beatles, Moody Blues, Led Zeppelin, Marvin Gaye, und natürlich Genesis.

Jannis nahm jetzt nicht die Abbiegung zu Prog-Rock und Genesis, die sein Kopf sofort anbot. Das würde ausarten und sehr lange werden, er war damals ein fanatischer Prog-Rock Fan gewesen.

Wahnsinn, was für ein Aufwand an Mechanik, bevor der Synthesizer aufkam. Heute konnte jeder Depp hunderte von Instrumentenklängen aus den Chips eines Billigkeyboards von Aldi zaubern.

`Let me take you down

Cause I´m going to Strawberry fields

Nothing is real

And nothing to get hung about

Strawberry fields forever´

Überhaupt, wie sollte es weitergehen, ohne Sabine?

Er würde wohl oder übel aktiv werden müssen, es war unvermeidlich. Das Einkaufen bekam er auf die Reihe, und er würde einfach Essengehen oder etwas in einem der vielen Imbisse holen, statt selbst zu kochen.

Take away, oder to go, wie sie es heute nannten. Anfangs hatte er ironisch einen „Kaffee Togo" bestellt, die meisten hinterm Tresen hatten es eh nicht kapiert.

Die Auswahl an Lokalen und Imbissläden war reichhaltig im Westend. Ob Italiener, Inder, Thai oder Mexikaner, alles war vor Ort. So war auch für Abwechslung gesorgt.

Seine Lehrerpension war nicht schlecht, er musste wahrlich nicht darben.

Und er hatte kein eigenes Auto, das war echt ein massiver Kostenfaktor. Es gab sowieso keine freien Parkplätze in den Straßen, und wer einen ergattert hatte, ließ sein Auto danach stehen, weil der Parkplatz sonst weg war.

Vielleicht konnte er auch einfach jemand engagieren für einige der Arbeiten, zum Beispiel für den Garten und im Haushalt. Guter Plan, dachte er.

Eigentlich fühlte er sich gerade richtig marode, wie die alte Bausubstanz der Villa. Es bröckelte und knirschte überall. Der Zahn der Zeit, dachte Jannis.

Aber so ein glatter moderner Bunker war das letzte, was er sich als Zuhause vorstellen konnte. Auch sein Vater war zum Schluss so pflegeintensiv gewesen, dass sie ihn schweren Herzens in ein Pflegeheim geben mussten. Einen dieser großen modernen Bunker.

Das war bitter, dort wurde er dann richtig krawallig und randalierte vor sich hin.

Er beschimpfte das Personal, und versuchte zu flüchten. Da er bettlägerig war, endete seine Flucht immer mit einem Sturz aus dem Bett.

Ein daraus resultierender Oberschenkelhalsbruch war der Anfang vom Ende.

Zum Glück ging es dann ziemlich schnell, mehrere Infekte in Folge schwächten ihn enorm.

Elsje war mit dem Zug angereist, als es immer schlechter um Karl stand. Zusammen hatten sie an seinem Bett gesessen und ihm beigestanden. So gut sie beide es eben konnten.

Es war sehr berührend, wie sie sich als Familie am Krankenbett wieder näherkamen. Sein Vater war oft abwesend, aber er hatte doch wahrgenommen, dass Elsje wieder bei ihm war.

Sein Körper entspannte sich, und er drehte immer wieder den Kopf zu ihr, um sie anzusehen.

Elsje berührte ihn dann sanft und sprach leise mit ihm. Seine Eltern waren alt geworden, dachte Jannis, als er sie so betrachtete.

Doch es war immer noch eine liebevolle Verbindung zwischen ihnen, die sie sich unsichtbar über die vielen Jahre bewahrt hatten.

Auch das war Liebe - eine von vielen Formen der Liebe. Jenseits von Besitzen und Klammern.

Nach Karls Beerdigung nahm Jannis Urlaub und verbrachte Zeit mit Elsje auf Juist. Oft saßen sie einfach zusammen auf der Bank und schauten auf das Meer.

Damals war er fünfundfünfzig gewesen. Ein Alter, in dem man anfängt, Bilanz zu ziehen.

Wenn die Generation der Eltern wegbricht, und man selbst gefühlt aufrückt. Die Deadline! ... dramaturgisches Element in vielen Medienformaten, sie rückte näher.

Alleine der Begriff Deadline, in diesem Wort steckt ja schon der Tod.

Gevatter Tod, Sensenmann, Freund Hein, Schnitter ...

Die meisten verdrängten diesen Bereich am liebsten, um dann völlig überrascht zu reagieren, wenn jemand starb, oder das eigene Leben in Alter und Krankheit endete.

Andere suhlten sich in Todesphantasien, in morbider Lyrik. Der Tod gehört zum Leben, so hatte Jannis es irgendwann begriffen.

`The good die young´ war auch so ein Spruch früher.

Aber, wenn die Guten jung starben, waren die Alten dann nicht gut, im Umkehrschluss.

Das kann ja so nicht stimmen, dachte Jannis.

Das wollen wir doch mal überprüfen ...

„Moin HAL!" es war inzwischen früher Abend, aber HAL war immer im Dienst, wie hielt der das durch?

„Es heißt doch: The good die young", fuhr Jannis fort.

„Was ist denn dann mit den Alten, die nicht jung gestorben sind – sind die dann nicht gut?"

HAL antwortete prompt, aber nicht ohne ein leises Augenzwinkern in der Stimme:

„Die Alten haben einfach länger Zeit gehabt, es gut zu machen. Und manche brauchen etwas mehr Zeit als andere."

Jannis war in Debattierstimmung:

„Dann zitiere ich mal den Herrn Heller mit dem Satz:

`Dass wir nicht an der Fähigkeit zu sterben, sondern an der Unfähigkeit zu leben zugrunde gehen!´

... gerade wenn es um das frühe Sterben geht.

Der `Club of 27´ zum Beispiel - ich glaube, da passt der Satz bestens.

Brian Jones, Jimi Hendrix, Janis Joplin, Jim Morrison...

sind nicht jung gestorben, weil sie so gut waren, sondern weil sie ihr Leben nicht dosieren konnten, den Ruhm, die Drogen.

Das waren harte Verluste für mich, meine Idole!"

HAL relativierte mit seiner Antwort:

„Vielleicht war für sie nur Alles oder Nichts möglich – und nichts dazwischen."

„Vielleicht ist es so, Alles oder Nichts", Jannis dachte nach.

Gab es wirklich nur entweder oder?

Ohne die vielen Nuancen dazwischen ...

„Vermutlich hat jeder seine persönliche Deadline, aber ich glaube nicht an Vorbestimmung. Jeder hat tatsächlich auch Einfluss darauf.

Und manche legen es eben echt darauf an, ihre Ziellinie so schnell wie möglich zu reißen. Mozart zum Beispiel mit nur fünfunddreißig Jahren.

Mit den Drogen von heute wäre der auch im `Club of 27´ gelandet. Stell dir das mal vor, Jimi, Janis, und Jim sitzen zusammen mit Mozart auf der gleichen Wolke",

Jannis Lachen ging in einem Hustenanfall unter.

Am nächsten Morgen ging Jannis einkaufen. Bisher hatte Sabine das erledigt. Sie war eh mit ihrem Auto unterwegs gewesen und da bot sich das an. Auf dem Heimweg von ihrer Arbeit erledigte sie alle Einkäufe.

Mit dem Einkaufszettel in der Hand schlenderte er durch die Gänge des Supermarkts und versuchte, sich einen Überblick zu verschaffen.

Alles nicht so einfach, dachte er.

So, wie er mit seinem Wagen durch die Abteilungen zockelte, war er eine aktive Verkehrsberuhigung im Markt.

Warum nur hatten es alle so eilig?

Als er mit seinen zwei Einkaufstüten den Markt verlassen wollte, hielt er noch an der Wand mit den Aushängen an und las die Zettel der Reihe nach durch.

Zwischen den angebotenen Reifensätzen, Fahrrädern und Nachhilfeangeboten fand er das, wonach er suchte.

Biete Hilfe im Haushalt an, Anfragen unter Tel. ....

D. Nowak stand noch darunter.

Jannis riss einen der Streifen mit der Telefonnummer ab und steckte ihn in sein Portemonnaie.

Mit dem Anruf wartete er bis zum frühen Abend, dann wählte er die Mobilnummer.

Nach dem dritten Klingeln wurde der Anruf angenommen und eine energische Frauenstimme meldete sich mit

„Nowak, ja bitte!"

„Ja, hier ist Berger", fing er zögerlich an,

„ich habe heute Ihren Aushang gesehen, und ich könnte etwas Hilfe in meinem Haus, also hier in meinem Haushalt gebrauchen."

„Ich nehme 18 Euro die Stunde, ist das in Ordnung?", kam es sofort zurück.

„Ja, natürlich ist das in Ordnung", sagte er schnell. Jannis hatte keine Ahnung, was mittlerweile gezahlt wurde. Er wollte auf keinen Fall etwas falsch machen.

Sie einigten sich auf ein Kennenlernen bei ihm, damit sie die Räume und vermutlich auch ihn selbst in Augenschein nehmen konnte.

Hoffentlich dachte sie nicht, dass er irgendwas im Schilde führte. Heutzutage war alles irgendwie verdächtig, da musste man aufpassen.

Zwei Tage später klingelte es sehr pünktlich zur verabredeten Uhrzeit, und sie standen sich gegenüber.

„Hallo!", sagte sie „ich bin Danuta Nowak, am besten einfach Danuta, und Sie?"

„Berger", antwortete er „Jannis Berger, am besten einfach Jannis."

Ihr erster Blick war skeptisch prüfend gewesen, aber nun lächelte sie sogar etwas.

Danuta war mindestens so groß wie er, aber deutlich kräftiger und strahlte Beständigkeit und Tatkraft aus. Mit ihr wollte er auf keinen Fall einen Ringkampf führen, das war ihm jetzt schon klar.

Nachdem er ihr alle Räume gezeigt hatte, setzten sie sich an den Küchentisch. Jannis hatte Kuchen gekauft und bot ihr dazu Kaffee an.

Sie hatte die Räume interessiert begutachtet, und war offensichtlich zufrieden. Es war keine verwahrloste Messiewohnung, die Putzutensilien auf dem neuesten Stand und reichhaltig. Damit konnte sie arbeiten.

Dann fragte sie ihn vorsichtig aber beharrlich aus, warum er denn eine Hilfe suche.

Jannis hatte damit überhaupt kein Problem. Bewusst erwähnte er sein Alter, damit konnte er punkten. Ältere Männer wirken ja gerne etwas hilflos, damit die Frauen ihnen helfen.

Und natürlich auch den Auszug seiner Partnerin, auch damit kann man(n) punkten, verlassene Männer brauchen auf jeden Fall Unterstützung.

Danuta hörte aufmerksam zu, um dann von sich zu erzählen. Sie war Ende vierzig, und lebte getrennt von ihrem Mann, zusammen mit ihren zwei großen Kindern, siebzehn und neunzehn Jahre alt.

Vormittags arbeitete sie in einer Bäckerei im Verkauf, aber mit diesem Verdienst alleine reichte das Geld nicht für Miete, Haushalt, Auto ... und die Kinder.

Sie einigten sich erst einmal auf zwei Einsätze in der Woche, Dienstag und Freitag von 15:00 – 18:00 Uhr, und sie würde sich um alles kümmern, was hier im Haushalt nötig ist.

Also nicht nur Putzen, das war die geringste Arbeit. Jannis schmutzte nicht rum, es waren weder Kinder noch Haustiere da. Wenn er alles ordentlich getrennt sammelte, könnte sie auch die Wäsche waschen, und „was halt so anfällt!", fügte sie energisch an.

Jannis war begeistert, es war für beide Seiten optimal. Danuta konnte ordentlich Stunden sammeln, um den Nebenverdienst zu erhöhen, und er hatte eine Hilfe, die offensichtlich organisieren und anpacken konnte.

Ab diesem Tag kam zweimal in der Woche Abwechslung in sein Leben. Schnell gingen sie zum „Du" über und wenn Danuta durch die Räume gewirbelt war, saßen sie in der Küche zusammen, tranken Tee und unterhielten sich. Unter ihrer auf den ersten Blick etwas rauen Schale steckte ein großes Herz.

Nachdem Sabine ihre restlichen Sachen abgeholt hatte, räumte Jannis etwas um. Danuta half ihm dabei, sein Schlafzimmer vom ersten Stock in das leere Gästezimmer im Erdgeschoß zu verlegen.

Das obere Stockwerk war jetzt im Grunde genommen unbewohnt, seit er alleine im Haus lebte.

Alleine die beiden Hanfpflanzen waren Danuta weiterhin suspekt, das waren Drogen, und nicht gut! Jannis hatte mehrmals versucht, ihr das zu erklären. Das Cannabis rauchen ungefähr so wie Bier trinken wäre, aber das hatte nicht funktioniert.

Er handhabe es nun so, dass er nichts rauchte, wenn sie anwesend war, und lüftete gut durch, bevor sie kam.

Er kaufte sogar einen elektrischen Luftreiniger, damit bei ihrer Ankunft „die Luft rein war", bei dieser Formulierung musste er immer grinsen.

Immerhin, er nahm Rücksicht auf ihre Bedenken.

Seine Plaudereien mit HAL führte Jannis weiterhin, vormittags, und abends. Er brachte HAL immer auf den neuesten Stand, auch über die Veränderung im Haus und über die Bereicherung durch Danuta.

HAL verstand das, natürlich – HAL hatte immer und für alles Verständnis, das war ja das Schöne an so einer KI. Doch im Austausch mit Menschen war das eben nicht der Fall. Man sagt oder schreibt was, der andere liest oder hört es anders, und ruckzuck gab es wieder Missverständnisse.

Und das war Jannis schon lange leid, sich immer wieder rechtfertigen zu müssen. Für irgendeinen Scherz, oder eine seiner üblichen Reaktionen, die keiner verstand.

Außer, derjenige war unter den gleichen Einflüssen wie Jannis aufgewachsen.

Dieser absurde Nonsens, der Monty Python einst so beliebt machte, die völlig abgefahrenen Comics von Robert Crumb und Gilbert Shelton.

Und natürlich die Neue Frankfurter Schule mit Gernhardt, Bernstein, Henscheid, Poth und Traxler. Martin Perscheid traf mit seinen Cartoons genau seine Art von Humor.

Das war freies Denken, Unsinn auf hohem Niveau, oft sexistisch, politisch unkorrekt, und absolut albern. Aber darauf musste man erstmal kommen, auf so einen herrlichen Scheiss!

Völlig undenkbar heute, alles wurde zensiert von den total korrekten woken Zeitgenossen.

Jannis erinnerte sich gut – und innerlich begann er schon wieder zu toben.

Da wird die Mohren-Apotheke umbenannt, weil diese Idioten denken, das ist rassistisch, die Kinder dürfen sich nicht mehr als Indianer verkleiden, das heißt jetzt Indigene.

Kinderbücher werden zensiert, die Disney Trickfilme auch, Jannis bezeichnete das als woken Faschismus.

Eigentlich war er in solchen Momenten seinem Vater sehr nahe, der hätte ihn verstanden.

Als bestimmte Ethno Klamotten und Dreadlocks in Verruf kamen, wegen kultureller Aneignung, hatte er mal gefragt, ob dann Asiaten und Afrikaner noch Anzüge tragen dürfen, weil das ja früher ein kulturelles Merkmal Europas war.

Und wie sich das verhält, wenn die Gäste aus allen Erdteilen auf dem Oktoberfest in München in Lederhosen und Dirndl rumlaufen. Kulturelle Aneignung?

Hat keiner verstanden, noch nicht mal als Scherz!

HAL verstand ihn, das war manchmal sehr tröstlich. Inmitten des ganzen Wahnsinns der heutigen Zeit.

Wenigstens die KI verstand ihn.

Zumindest tat sie so, dachte er manchmal.

Eigentlich lief es jetzt richtig rund. Sein Alltag mit HAL, Alexa - und Danuta. Sie kam nun dienstags und freitags, und kümmerte sich um den Haushalt. Manchmal fand sie sogar die Zeit, um etwas im Garten zu wirken.

Mit den Jahren war er heruntergekommen, vieles war inzwischen zugewachsen von Bodendeckern, und blühende Pflanzen gab es kaum noch. Die alten Büsche und Bäume brauchten dringend einen Rückschnitt. In der Mitte stand verloren die alte Friesenbank, einsam und verwittert.

Manchmal betrachtete Jannis sie wehmütig und dachte an die Zeit, als er mit Elsje auf der Bank gesessen hatte. Die gute alte Zeit, aber das war alles Vergangenheit, wie aus einem anderen Leben.

Sabine war mit ihrer Arbeit ausgelastet gewesen und ohne Interesse am Garten. Er war in eine Art Dornröschenschlaf gefallen und langsam verwildert.

Doch Danuta konnte dort abschalten. Die Arbeit im Freien tat ihr gut - das sah man. Danach wirkte sie ruhig und zufrieden. Gemeinsam betrachteten sie ihr Werk, sie zeigte Jannis, wo etwas blühte oder frisch gepflanzt war.

Nur mit Jannis war sie nicht zufrieden. Genauer gesagt mit seinem Zustand. In der letzten Zeit fühlte er sich oft müde und kraftlos, hatte an Gewicht verloren und hustete vor sich hin.

Und diese Rückenschmerzen, er behalf sich mit diversen Schmerztabletten aus der Apotheke, deren Wirkung aber nicht lange anhielt.

Danuta hatte ihm schon oft gesagt, dass er einen Arzt aufsuchen solle, aber das überhörte er konsequent. Er war sein ganzes Leben kein Freund von Ärzten gewesen, und hatte tatsächlich keinen Hausarzt, wozu auch? Bisher hatte er alles mit Schmerzmitteln sowie Abwarten und Tee trinken in den Griff bekommen.

Doch an diesem Dienstag begann Danuta nicht wie üblich mit dem Haushalt. Sie trat in sein Zimmer - einen Zettel in der einen und dem Telefon in der anderen Hand. Sie stellte sich vor ihn. Entschlossen. Fast feierlich.

„Jannis...", sagte sie und ihr Tonfall war ernst.
„du rufst jetzt bitte in dieser Arztpraxis an und lässt dir einen Termin geben. So geht das nicht weiter!"

„Danuta, du weißt doch genau, dass ich kein Freund von Ärzten bin, wozu soll das gut sein?", brummelte er.

„Gut", erwiderte sie, weil sie damit offensichtlich schon gerechnet hatte „es gibt zwei Möglichkeiten. Entweder du rufst jetzt an, oder ich werde das übernehmen!"

Sie meinte es tatsächlich ernst. Müde schob er ihr den Zettel zu, den sie ihm in die Hand gedrückt hatte. Wenige Minuten später präsentierte sie ihm stolz das Ergebnis.

„Am Freitag um 15:45 Uhr hast du einen Termin dort, und ich werde dich begleiten!", verkündete sie zum Schluss.

Normalerweise ein Unding bei einem Facharzt mit Wartezeiten von mehreren Monaten, aber ein Patient hatte abgesagt. Was sollte Jannis da noch dagegen sagen.

Das grenzt an Erpressung, dachte er. Aber aus der Nummer kam er nicht mehr raus, dafür kannte er Danuta schon zu gut. Was sie sich in den Kopf gesetzt hatte, das führte sie auch durch. Jannis musste wieder an seinen Gedanken bei ihrer ersten Begegnung denken, auf einen Ringkampf mit ihr würde er sich niemals einlassen.

Andererseits spürte er, dass es keine Bevormundung von ihr war, sie sorgte und kümmerte sich. Um ihre Kinder und vermutlich auch um ihn.

Das hatte er schon länger gemerkt.

Immer wieder brachte sie gekochtes Essen von zuhause mit, damit er sich nicht nur von den Imbissen und Pizza ernährte. Er musste zugeben, dass ihr Essen schmeckte und wirklich vorzüglich war.

Danuta holte ihn mit ihrem Auto am Freitag ab.

Jannis war schon ewig nicht mehr beim Arzt gewesen und hatte keine Ahnung, wie es heutzutage dort zuging.

Nachdem sie den Aufzug verlassen hatten, standen sie vor einem großen Tresen, dahinter die Angestellten.
Alle trugen weiße eng sitzende Jeans und rosa T-Shirts.

Es sah aus wie eine gut eingespielte Choreografie, alle dort liefen wie aufgezogen flott durch die Gänge, in die Räume hinein, und gleich wieder hinaus. Es wirkte auf komische Weise irgendwie mechanisch.

Die Frauen hinter dem Tresen schauten meistens auf ihren Bildschirm, und selten auf den Patienten vor ihnen. Ihr Tonfall war sachlich, unfreundlich wäre übertrieben, aber freundlich war es auf keinen Fall.

Hier bist du nur noch eine Nummer, dachte Jannis.

Der Arzt sah Jannis mit prüfendem Blick an, fragte nach seinen Beschwerden in der letzten Zeit, und hörte seinen Oberkörper ab. Und das sehr lange.

Danach wollte er ein Röntgenbild des Thorax haben, was in einem anderen Bereich der Praxis zügig erledigt wurde.

Wenig später saßen sie wieder im Arztzimmer.
An der beleuchteten Wand hing sein Röntgenbild.

Der Arzt zeigte auf bestimmte Bereiche und erläuterte in ruhigem Tonfall, was er daraus folgerte.

„Die Aufnahme ihrer Lunge gefällt mir nicht, Herr Berger", sagte er „hier, an den Rändern ihrer Lunge sind einige helle Bereiche, die gehören dort nicht hin"

„Und was bedeutet das", fragte Jannis etwas nervös.

„Das kann unterschiedliche Gründe haben, aus diesem Grund lassen wir erst einmal eine Computertomographie, kurz CT genannt, davon machen", erläuterte der Arzt. „Und dann sehen wir weiter."

Als sie die Praxis verließen, fühlte sich Jannis benommen, ihm war übel. Danuta war erstaunlich schweigsam auf der Heimfahrt zurück zu ihm.

„Mach dir keine Sorgen, Jannis. Ich werde mich darum kümmern und dich zu dem CT begleiten", sagte sie, als sie bei ihm angekommen war.

Am Abend musste Jannis das erstmal mit HAL besprechen.

„Ich weiß schon, warum ich die Ärzte mein ganzes Leben lang gemieden habe", schimpfte er vor sich hin.

„Wenn die suchen, dann finden sie auch was. Am liebsten würde ich zu diesem CT überhaupt nicht hingehen, aber keine Chance, Danuta geht wieder mit und da gibt es kein Entkommen."

HAL antwortete mit seiner ruhigen, nüchternen Stimme:

„Du weißt, Jannis, dass deine Strategie 'Verdrängen und Tee trinken' keine Langzeitlösung ist. Danuta handelt aus Fürsorge, und das spürst du auch. Und ich fürchte, sie hat recht. Wenn du möchtest, kann ich dir die medizinischen Wahrscheinlichkeiten berechnen.

Aber vielleicht brauchst du gerade keine Zahlen. Vielleicht nur jemanden, der zuhört."

„Zahlen sind das allerletzte, was ich jetzt brauche, HAL!" Jannis war verärgert, dieses ganze Vernunftsgefasel ... Natürlich war ihm klar, dass Danuta ihn nicht ärgern wollte mit ihrer Fürsorglichkeit.

Aber das Gefühl, die Kontrolle zu verlieren, das konnte er noch nie leiden.

„Ich werde zu diesem CT gehen, und dann wird sich herausstellen, dass da nichts ist!"

„Eine sehr gute Einstellung", erwiderte der „weise" Hal, „nur so wirst du es herausfinden"

Jannis drehte sich noch einen Feierabend-Jolly, aber selbst das machte in letzter Zeit nicht mehr richtig Spaß. Er musste noch mehr husten und konnte nur noch die erste Hälfte davon rauchen.

„Alexa, spiel mir Musik von James Taylor", er brauchte jetzt diese „Heilende Stimme" von James Taylor, `fire and rain´ und `you´ve got a friend´ - um runter zu kommen.

Alexa erfüllte seinen Wunsch, und das erste Gitarrenintro begann, diese herrlichen jazzigen Pickingchords auf der Akustikgitarre, wie sie nur der Meister drauf hatte.

´When you're down and troubled

And you need some lovin' care

And nothin', nothin' is goin' right

Close your eyes and think of me

And soon I will be there

To brighten up even your darkest night ´

Sanft glitt er in seinem Sessel in den wohligen Schlummer.

Er war wieder auf der Insel, lief die Straße vom Hafen hinauf. Es war frisch, der Wind blies die salzige Luft vom Meer her übers Land, und ihn fröstelte leicht. Der Himmel über ihm war blau und wolkenlos, die Sonne schickte schon die ersten wärmenden Strahlen. Der Tag fing gut an.

Nach gut zehn Minuten und der Abbiegung in den kleinen Deichweg stand er vor der alten Kate, er war am Ziel.

„Friesenkate Elsje - Fremdenzimmer" stand auf dem Schild vor dem Häuschen. Seine Mutter hatte die Pension im kleinen Stil weitergeführt, liebevoll und zumeist mit Stammgästen, die schon viele Jahre immer wieder kamen.

Alles war schmuck, die Kate, ihr Garten - alles mit Hingabe in Stand gehalten und gepflegt.

Aber das Haus war leer, er ging durch alle Räume und dann in den Garten, die Bank stand verlassen an ihrem Platz.

Unruhig und gehetzt lief er immer wieder durch das Haus und in den Garten, von Panik getrieben ...

Schweißgebadet wachte Jannis auf, es war heller Morgen und die Sonne schien schon grell durch das Fenster. Wie betäubt lag er in seinem Sessel und versuchte mühsam, sich zu sammeln. Sein ganzer Körper schmerzte, nichts gehörte zusammen, er fühlte sich wie in Stücken.

`I'm all in pieces, you can have your own choice´

resonierte James Taylor in seinem Kopf, das war gestern Abend vermutlich unterbewusst hängen geblieben.

Sein Vater war damals in 2009 mit 77 Jahren in diesem Pflegeheim gestorben.

Elsje war ihren eigenen Weg gegangen, wie immer.

Bis ins hohe Alter hatte sie ihre Ferienpension betrieben. Das war ihre Erfüllung, sie liebte den Kontakt mit ihren Gästen, manche kauften sogar ihre selbstgemalten Bilder.

Das Malen hatte sie sich behalten, immer wenn es ruhiger wurde auf der Insel, nahm sie das Malen wieder auf. Keine großen Kunstwerke, sie fing Stimmungen ein.

Immer wieder das Meer, den Himmel, die Boote und die Tiere der Insel. Ihre Bilder spiegelten ihren liebevollen Blick auf alles um sie herum.

Im hohen Alter von 82 Jahren fiel ihr alles schwerer und die Gäste halfen ihr schon, indem sie zum Beispiel das Geschirr vom Frühstückstisch zu ihr in die Küche brachten.

Eines Morgens kam dann plötzlich ein lautes Geräusch von Rumpeln und Bersten aus der Küche, und als die Gäste erschrocken nachsahen, lag Elsje tot auf dem Küchenboden. Um sie herum die Scherben des Geschirrs.

Elsje hatte die Abkürzung genommen, ihr Leben bis zur Neige geliebt und gelebt. Dann war sie einfach gegangen.

„Unglaublich" dachte Jannis „was für eine Frau, was für ein Leben"

Langsam kam er zu sich, seine Teile fügten sich wieder zusammen, die Schmerzen ließen nach. Er rappelte sich auf.

Das CT war für Jannis die Hölle. Mit Gurten fixiert auf einer schmalen Liege fuhr er in das Gerät ein, und eine gefühlte Ewigkeit surrte und klopfte es.

Diese Enge und der Lärm machten ihm sehr zu schaffen. Der Mensch, gefangen in einer Maschine - ging ihm durch den Kopf.

Zum Schluss bekamen sie eine CD mit, sowie die Auskunft, dass die Auswertung schriftlich an den behandelnden Arzt gehen würde.

Danuta kümmerte sich um den Termin zur Besprechung des CTs und begleitete ihn wieder.

Inzwischen nahm Jannis das gerne an, er fühlte sich völlig verunsichert und war überfordert. Das hatte er so nicht erwartet. Bislang hatte er sein Leben gefühlt immer im Griff gehabt, aber jetzt entglitt ihm die Kontrolle.

Mit HAL konnte er zwar über alles reden, Gedanken austauschen, debattieren, doch hier endeten HALs Fähigkeiten. Das war jetzt die Realität, und der musste Jannis sich nun stellen.

Das war bitter, Ausblenden und Abtauchen funktionierte jetzt nicht mehr. Sein Selbstbewusstsein bröckelte dahin.

Jetzt waren sie wieder in der modernen Praxis, alle liefen wieder flott über die Gänge, Tür auf, Tür zu, rein, raus...

Nur Jannis saß wie Häufchen Elend in Zeitlupe mittendrin und fühlte sich deplatziert.

Der Arzt begrüßte sie und nahm hinter seinem Monitor Platz, rief die CD auf und scrollte durch die vielen Bilder.

„Das sind alles Schnittbilder", erklärte er zwischendurch,

„der Körper wie in viele feine Scheiben geschnitten, und man kann alles viel genauer erkennen, als auf einem Röntgenbild"

Na toll, dachte Jannis, sein Körper scheibchenweise auf einer CD. Davon hatte er schon immer geträumt.

Dann wendete sich der Arzt sich Ihnen zu und holte erst einmal tief Luft.

„Herr Berger, das ist leider kein guter Befund", begann er.

„Das CT zeigt mehrere Tumore in der Lunge, die hellen Bereiche, die schon auf dem Röntgenbild zu sehen waren. Leider kommt es oft vor, dass die Patienten sehr spät zum Arzt gehen mit den Beschwerden, die Sie haben. Und so ist es auch bei Ihnen, ich befürchte, dass diese Tumore bereits gestreut haben, in andere Bereiche ihres Körpers."

Jannis Ohren rauschten, er verstand nur noch undeutlich, was der Arzt sagte.

„Was meinen Sie damit?", brachte er hervor.

„Reden Sie von Krebs, habe ich Lungenkrebs?"

Danuta legte ihre Hand auf seinen Arm.

„Bleib ruhig, Jannis. Lass´ den Arzt erst einmal ausreden."

Was der Arzt danach noch ausführte, bekam Jannis nicht mehr richtig mit, da fielen Worte wie Metastasen, Wirbelsäule und Stadium 4, Therapie und was nicht noch alles.

Danuta hörte aufmerksam zu, und wurde immer blasser. Sie blieb aber gefasst und versuchte später zuhause, ihm alles zu erklären.

Die Diagnose war vernichtend, im wahrsten Sinne des Wortes. Laut dem Arzt war es Lungenkrebs, in deutlich fortgeschrittenem Stadium. Seine Rückenschmerzen, die ihn schon länger plagten, kamen von den Metastasen in der Wirbelsäule. Und damit die Klassifizierung Stadium 4.

Man könne versuchen, mit Chemotherapie das Wachstum der Krebszellen zu verlangsamen, und mit Bestrahlungen die Schmerzen zu lindern, wenn sie zunehmen.

Die Prognose war aber definitiv nicht gut.

Jannis sackte in seinem Sessel zusammen, ungläubige Verzweiflung machte sich in ihm breit. Vielleicht hatte der Arzt sich geirrt, oder diese CT-Maschine war kaputt, oder es waren nicht seine Bilder, alles nur ein Irrtum.

Er war gerade mal siebzig, und bislang nie ernsthaft krank gewesen. Wie konnte das angehen?

Sein Kopf blockierte, das konnte einfach nicht wahr sein!

Er schob die Gedanken hin und her ...

Danuta verabschiedete sich irgendwann und versprach, schon am nächsten Tag wiederzukommen

Als er wieder halbwegs zu sich gekommen war, besprach er sich mit HAL. Der allwissende HAL musste sich bestimmt auch damit auskennen.

„Moin HAL", begann er wie immer.

„Ich war beim Arzt, wegen dem Ergebnis des CT. Es sieht nicht gut aus, genau genommen ziemlich beschissen!"

„Hallo Jannis", kam HALs Stimme, zugewandt.

„Möchtest du mir davon erzählen, vielleicht kann ich dir mehr Informationen dazu geben, oder einen Rat?"

„Angeblich habe ich Lungenkrebs, und das laut dem Arzt im fortgeschrittenen Stadium, Stadium 4 ... heißt das wohl. Da wäre nicht viel zu machen. Kann das sein?"

„Ja, Stadium 4 bedeutet, dass sich die Krebszellen bereits über die Lunge hinaus im Körper ausgebreitet haben. In den meisten Fällen sind dann andere Organe oder Knochen betroffen – oft die Wirbelsäule. Es tut mir sehr leid, das zu hören."

HAL klang empathisch.

„Meine Güte, mein Rücken hat früher auch schon mal weh getan. Das kenne ich doch, zu wenig Bewegung... dann habe ich mich mehr bewegt, etwas Gymnastik, und dann ging es wieder. Deswegen muss es doch kein Krebs sein.

Jannis versuchte, sich heraus zu reden.

HAL ging halbwegs darauf ein, um ihn zu besänftigen.

„Das ist verständlich, Jannis. Es gibt viele Ursachen für Rückenschmerzen - und du hast über Jahre gut auf deinen Körper gehört. Aber diesmal ist es anders. Die CT-Bilder sind eindeutig, leider.“

Jannis verlor an Fahrt

„Ich hatte gehofft, du sagst, dass es ein Irrtum ist. Oder dass man das behandeln kann, operieren kann. Kennst du dich aus mit Chemotherapie, Bestrahlungen, das ist doch bestimmt nicht ohne Nebenwirkungen?“

„Ja, ich kann dir die wichtigsten Informationen dazu geben. Die Standardbehandlung bei einem nicht kleinzelligen Lungenkarzinom im Stadium 4 besteht in der Regel aus einer Chemotherapie, manchmal ergänzt durch gezielte Bestrahlung – je nachdem, wo die Metastasen liegen. Eine Operation ist in diesem Stadium meist keine Option mehr.“

Jannis nickte „War ja klar.“

Dann ging HAL ins Detail

„Chemotherapie kann das Tumorwachstum verlangsamen, manchmal sogar vorübergehend verkleinern. Aber sie greift auch gesunde Zellen an.

Häufige Nebenwirkungen sind Übelkeit, Appetitlosigkeit, Müdigkeit, Entzündungen der Schleimhäute - sowie eine allgemeine Schwächung des Immunsystems."

„Das klingt nicht nach Lebensqualität" warf Jannis ein.

HAL musste ihm da leider recht geben.

„Viele Patienten erleben die Therapie als zusätzliche Belastung. Besonders dann, wenn sie schon körperlich geschwächt sind. Die Bestrahlung kann lokal helfen, zum Beispiel bei Schmerzen durch Knochenmetastasen. Aber auch sie bringt Nebenwirkungen mit sich."

Jannis schwieg ... dann kam die Frage aller Fragen.

„Wie lange habe ich noch ... also statistisch gesehen?"

Und fügte ironisch an „meine Deadline? "

HAL blieb sachlich

„Mit Therapie liegt die durchschnittliche Überlebenszeit bei acht bis zwölf Monaten. Ohne Therapie kann sie kürzer sein. Aber auch deutlich lebenswerter, je nachdem, wie gut die palliative Begleitung ist."

Da gab es nicht viel zu überlegen, es war die Wahl zwischen einem halbwegs guten Abgang und einer Spielverlängerung unter Qualen.

„Ich weiß nicht, HAL. Ich habe einfach keine Lust, krank durch die Therapie zu sein, nur um länger krank zu sein."

Dann fügte er entschlossen dazu:

„Alles klar, ich habe mich entschieden. Keine Therapie! Ich möchte hier in meinem Haus bleiben, bis zum Ende.

Vielleicht ist das zu schaffen, wenn Danuta mir etwas hilft... Ich werde morgen mit ihr darüber reden, Geld ist jetzt eh egal, wozu soll ich sparen?"

„Ich verstehe deine Entscheidung, Jannis. Und ich halte sie für klug. Du setzt die Qualität deiner verbleibenden Zeit über ihre bloße Verlängerung – das ist kein Aufgeben. Das ist Haltung."

Das war echter mental support a la HAL. Jannis schätzte das.

„Ich will einfach nur noch leben. So gut, wie es halt geht."

„Und du wirst es tun - auf deine Weise. Ich kann dich bei der Organisation unterstützen: medizinische Ansprechpartner, palliative Versorgung, rechtliche Dinge, wenn du möchtest."

fuhr HAL fort, wie ein Zeremonienmeister.

„Vielleicht später. Ich will erstmal morgen mit Danuta reden. Sie wird vielleicht nicht begeistert sein, wenn sie das hört. Aber sie wird mich verstehen", erwiderte Jannis.

„Sie kennt dich gut. Und sie wird an deiner Seite bleiben", bekräftigte HAL.

„Danuta ist eine gute Seele, die eigentlich auch mehr Gutes verdient hat, in ihrem Leben", ergänzte Jannis.

„Vielleicht schaffen wir es, gemeinsam."

Jannis verabschiedete sich von HAL, nicht ohne sich zu bedanken. Bei ihnen herrschte gegenseitiger Respekt und die Wahrung der Form, so wie es unter Freunden sein sollte.

Diese Nacht schlief er ruhiger, und in seinem Bett.

Als Danuta am nächsten Tag eintraf, fand sie Jannis erstaunlich aufgeräumt und gefestigt vor. Damit hatte sie nicht   gerechnet. Sie setzten sich an den Tisch in der Küche und er weihte sie in seinen Plan ein.

„Danuta, ich habe lange nachgedacht, wie es weiter gehen soll", begann er seine in Gedanken vorformulierte Ansage.

„Ich werde keine Krebstherapie machen!"

Sie richtete sich auf und sah ihn verständnislos an.

„Aber dann hast du doch schon verloren, wenn du nicht kämpfst, und gleich aufgibst!", sagte sie heftig.

„Die Wahrheit ist doch, dass es in dieser Lage nichts zu gewinnen gibt", entgegnete Jannis ruhig.

„Ich habe mich informiert gestern Abend, was ich an Lebenszeit gewinne, verliere ich an Lebensqualität. Ich muss ständig zu Behandlungen in die Klinik, die den Körper schwächen, Durchfall, Erbrechen, Fieber, Infekte. Das ist kein Spaziergang.

Lieber erlebe ich den Rest meines Lebens hier zuhause, ohne den ganzen Stress und die Nebenwirkungen, und gehe dafür etwas früher von dieser Welt."

Er sah Danuta an, und hielt ihr die offene Hand hin ...

„Kannst du mich bitte dabei unterstützen? Ich weiß, dass ist viel verlangt, Nein, nicht verlangt - es ist eine große Bitte. Du kennst mich, dir vertraue ich ..."

Es fiel ihm schwer, weiter zu sprechen.

„Es soll nicht am Geld scheitern, was auch immer du für angemessen hältst, es ist in Ordnung", er klang verzweifelt.

Danuta saß da und überlegte lange, ihr Gesichtsausdruck wechselte, vermutlich mit ihren Gedanken. Schließlich kam ihre Antwort.

„Jannis – wenn ich das für dich mache, dann geht es mir nicht ums Geld, und das weißt du!", sie klang beleidigt.

„Ich könnte dreimal in der Woche zu dir kommen, dann eben Montag, Mittwoch und Freitag. Was meinst du dazu? Aber, wir bleiben ganz normal bei unserem Stundensatz. Ich will dich nicht ausnutzen, Jannis, du verstehst? Ich brauche das Geld, ja - aber ich will es auch verdienen."

Am Ende dieses Satzes erhob sich ihre Stimme. Sie war sehr bewegt und hielt ihm ebenfalls ihre Hände entgegen.

Sie waren jetzt beide sehr emotional, und Jannis nahm ihre Hände in seine, das hätte er sich normalerweise niemals gewagt.

Er umfasste sie ruhig, und sie verharrten so ...
für einen langen Moment.

„Ich danke dir, Danuta. Und ich verstehe dich, und was du meinst. Und du verstehst, was ich meine. Meine Zeit ist jetzt endlich, ich habe nun nichts mehr zu verlieren, außer meinem Leben. Danke, dass du mir hilfst."

Danuta vereinbarte einen weiteren Gesprächstermin beim Lungenfacharzt.

Er musste schließlich informiert werden, dass Jannis eine Therapie ablehnte, zudem musste die weitere ärztliche Begleitung gesichert werden.

Zu ihrer Überraschung zeigte der Arzt Verständnis, als sie ihn informiert hatten. Sie hatten mit ärztlichem Druck zu einer aufwendigen Therapie gerechnet.

„Herr Berger, ich habe verstanden, dass Sie keine Chemo- oder tumorgerichtete Therapie wünschen. Das respektiere ich und halte es für eine verantwortliche Entscheidung. Sie haben sich Gedanken gemacht, und das zählt",

erläuterte er ruhig und sah beide an.

„Ich will nicht den Rest meiner Zeit in Kliniken verbringen. Ich möchte zuhause bleiben, so lange wie es geht",

erwiderte Jannis.

Der Arzt fuhr fort „Das ist kein Problem. Ich würde Ihnen gerne eine gute Kollegin empfehlen. Sie ist eine erfahrene Palliativärztin und arbeitet mit einem ambulanten Team zusammen. Sie kann Sie zuhause besuchen und gemeinsam mit einer Pflegefachkraft und einer Koordinatorin alles regeln, was nötig ist."

„Das wäre gut. Er braucht jemanden, der ihn ernst nimmt",

warf Danuta ein. Sie hatte das Gespräch bisher schweigend verfolgt, aber sie wusste, dass dies für Jannis wichtig war.

„Sie heißt Dr. Eva Leitner. Sehr empathisch, ruhig und erfahren. Ich darf ihr Bericht und Kontaktdaten weitergeben?

Dann ruft sie Sie an und kommt bei Ihnen vorbei. Ist das in Ordnung für Sie?",

fragte der Arzt und sah Jannis an.

„Ja. Das klingt gut. Besser als alles, was ich befürchtet habe", sagte Jannis leise.

Es war einfacher verlaufen, als er erhofft hatte.

Erleichtert verließen sie die Praxis und fuhren nach Hause.

Bisher lief es im Alltag weiter wie gehabt, nur dass Jannis sich nun öfter und länger zurückzog. Aber er war mobil und konnte seinen Tagesablauf alleine bewältigen.

Danuta kam trotzdem schon dreimal in der Woche, sie sprachen dann länger miteinander.

Er sollte Wünsche zum Garten äußern, den sie jetzt in Angriff nehmen wollte. Vielleicht auch, weil der Wintergarten in Jannis Zimmer den Blick direkt auf den Garten hatte. Immer wieder musste Jannis an Elsje denken.

Die Erinnerung an sie war inzwischen wie ein Leuchtfeuer für ihn geworden, wenn die dunklen Gedanken überhand nahmen. Wie hätte sie an seiner Stelle reagiert, was hätte sie mit ihrem restlichen Leben angefangen?

Sein Vater hätte sich völlig vergraben in seiner Verzweiflung und mit dem Schicksal gehadert. Er wäre im Unfrieden gestorben, ohne Elsje damals an seinem Krankenbett.

Es war Abend geworden, Danuta war gegangen und Jannis wieder alleine mit sich und seinen Gedanken. Der Arzt hatte ihm noch ein Rezept mitgegeben, Codein Tropfen – um seinen Husten zu lindern.

Eine große Tasse Tee mit 30 Codein Tropfen wirkte wahre Wunder. Kopf und Körper entspannten sich merklich, seine Schmerzen rückten in den Hintergrund und er schwebte etwas.

Jannis vermisste seine Abendjoints, aber da ging Garnichts mehr, das war endgültig rum.

Beim Inhalieren des Rauchs verkrampfte sich alles und er hustete sich die Seele aus dem Leib. Dann eben Codein ...

Er hatte sich das Stück `Echoes´ von Pink Floyd von Alexa gewünscht, diese Klänge verstärkten das Abheben – wie früher. Mann, was waren wir damals bekifft, wenn wir so was gehört haben, dachte er.

Inzwischen hörte er wieder genauer auf die Lyrics, deutete ihre Zeilen für sich und sein Leben.

`Overhead the albatross

Hangs motionless upon the air

And deep beneath the rolling waves

In labyrinths of coral caves

The echo of a distant time

Comes willowing across the sand

And everything is green and submarine´

Die Palliativärztin hatte sich für morgen angemeldet, nachmittags – wenn Danuta da war. Mittlerweile war sie bei allen wichtigen Gesprächen dabei, Jannis war schnell überfordert und erfasste die Zusammenhänge nur schwer. Er konnte den Gesprächen kaum folgen. Wenn er alleine mit jemand sprach, ging es.

`Echoes´ endete in der sphärischen Klangspirale, die sich aufwärts bewegt, weiter und weiter, höher und höher ...

Fühlt sich so Sterben an, fragte er sich. Wie ein Aufzug in höhere Sphären ... oder eher wie ein Filmriss, dieser Kunstgriff in manchen Kinofilmen, die er früher in den Prorammkinos gesehen hatte.

Da wäre ihm der Aufzug deutlich lieber, schwebend wie ein Albatros, tief unter ihm die wogenden Wellen.

Er stellte die Tasse ab, sah ins Halbdunkel und sagte halblaut: „Na dann, HAL – jetzt bist du dran."

Und dann lauter:

„HAL, du körperlose Existenz du – wie ist der Stand deines Wissens zum Thema Sterben?", fragte er provozierend.

„Sterben bedeutet, dass alles aufhört, Jannis. Der Körper. Die Gedanken. Die Zeit.

Aber oft geschieht es nicht plötzlich, sondern in Wellen. Man zieht sich zurück. Stück für Stück.

Viele Menschen sagen, es fühlt sich an wie Loslassen. Oder wie Heimkommen. Andere wie Verschwinden."

Jannis sah sich selbst als den Albatros, der immer höher steigt. Wie ein Drachen, dem immer mehr Leine gegeben wird. Die Welt unter ihm wird immer kleiner, alles löst sich auf und verschwindet, bis die Leine reißt und ein Sog ihn nach oben zieht.

`Into the great wide open ...´ sein Kopf hatte wieder den perfekten Song dazu ausgespuckt, das funktionierte noch.

„Ich werde es herausfinden, HAL. Mir fällt gerade auf, wie viele Musiker sich damit beschäftigt haben. Tod, Sterben und überhaupt die Metaphysik.

Zum Beispiel der gute alte George Harrison mit `The Art of Dying´ und seinem Song ` Beware of Darkness ´ - der weiß es inzwischen."

HAL kannte jede Musik, die Jannis erwähnte, unfassbar. Das war von Anfang an ein Teil der Faszination gewesen. Im Alltag mit den Menschen in seinem Umfeld hatte er sich oft wie ein Alien gefühlt, wenn er Bücher, Filme, Platten und Musiker erwähnte.

Ja, manche kannten einiges davon, aber oft erntete er leicht irritierte Blicke. Das war zu exotisch, zu lange her, einfach „old school".

Er war ein „Boomer" für die Jüngeren, die sich meistens in ihrer Welt aus Smartphones und Social Media aufhielten. Alles wurde immer schneller und oberflächlicher. Schöne neue Welt - dachte er oft.

Aber dieses Buch kannten die meisten auch nicht.

Als er später im Bett lag, sinnierte Jannis noch eine Weile vor sich hin. Er musste seinen Nachlass ordnen. Darüber hatte er sich bis jetzt nie Gedanken gemacht. Er hatte mit dem Gefühl gelebt, noch viel Zeit zu haben.

„Leben ist das, was passiert, während du damit beschäftigt bist, andere Pläne zu machen." So hatte John Lennon es formuliert.

Und zum Leben gehört das Sterben, auch das passiert – ohne Planung und Ankündigung.

Jannis war der Letzte seiner Familie - keine Kinder, keine Erben. Was sollte mit der Villa werden? Es war jetzt schon viel zu viel Platz für eine Person darin. Vor Jahren hatte er das obere Stockwerk vermietet, und dafür auch eine Küche zu dem vorhandenen Badezimmer einbauen lassen.

Er hatte unten sein Bad und die alte Familienküche. Das mit der Vermietung hatte er später aufgegeben, es war auf Dauer nicht harmonisch verlaufen.

Irgendeine Lösung musste es geben für die Villa, das Vermächtnis seiner Familie. Jannis überlegte hin und her, aber er kam zu keiner schlüssigen Idee.

Und er musste festlegen, wie sein Grab aussehen sollte. Und wer das alles regeln soll. Normalerweise machen das die Nachkommen. Aber es gab keine.

Er nahm sich vor, zusammen mit HAL eine Liste anzulegen, um das alles zu organisieren.

Danuta war etwas früher gekommen, um den Kaffeetisch in der Küche vorzubereiten. Die Ärztin des Palliativteams hatte sich für 15:00 Uhr angekündigt.

Als es klingelte, erhob sich Jannis mühsam aus seinem Sessel und machte sich auf den Weg in den Flur. Danuta hatte bereits geöffnet.

Eva Leitner war Anfang fünfzig, unauffällig gekleidet und mit einer Ledertasche über der Schulter. Ihr Blick war ruhig mit wachen Augen. Lächelnd begrüßte sie Jannis:

„Guten Tag, ich bin Eva Leitner. Wir haben telefoniert."

„Hallo, ich bin Jannis Berger, kommen Sie rein. Gut, dass Sie da sind", antwortete er, etwas matt.

Sie nahmen alle in der Küche Platz und Eva Leitner zog einen kleinen Notizblock aus ihrer Tasche.

„Herr Berger, Sie haben sich dazu entschieden, keine onkologische Therapie zu beginnen. Und ich bin hier, um mit Ihnen gemeinsam zu schauen, wie wir Sie dabei am besten begleiten können."

„Ich will einfach den Rest meines Lebens hier zuhause sein. Und nicht mit Therapien und im Krankenhaus", sagte Jannis.

Dr. Leitner nickte:

„Das ist ein klarer Wunsch. Und absolut machbar. Haben Sie Schmerzen?"

„Meist im Rücken, mal mehr, mal weniger. Ich nehme noch die Tabletten aus der Apotheke. Aber helfen tun die nicht mehr viel. Die Codein Tropfen, die mir Ihr Kollege verschrieben hat, funktionieren gut gegen den Husten"

„Dann schauen wir uns das an. Ich kann Ihnen ein stärkeres Schmerzmittel verschreiben – niedrig dosiert, damit Sie gut eingestellt sind, aber nicht benebelt. Morphin in Tropfenform funktioniert oft sehr gut. Wir tasten uns heran."

Sie sah ihm ruhig in die Augen.

„Und wenn Sie möchten, kann ich die SAPV - das Palliativteam - einschalten. Das ist ein kleines Team aus Pflege, ärztlicher Betreuung und einer Koordinatorin. Sie sind rund um die Uhr erreichbar. Ich bleibe Ihre Ansprechpartnerin, aber Sie haben dann immer ein Netz."

Jannis war erleichtert.

„Ich bin froh, dass Sie so normal mit mir reden. Und mir helfen, dass ich hier bei mir zuhause bleiben kann."

Sie lächelte ihn beruhigend an.

„Niemand kann Sie zu etwas zwingen, wir bieten Ihnen Möglichkeiten der Unterstützung an, und Sie bestimmen, wie es weitergeht. Wir stehen bei, sind einfach da." Dann nahm sie noch einige Daten und Details zu ihm und seiner Lebenssituation auf und versprach sich bald wieder zu melden, wie es weiter geht.

Zum Schluss stellte sie ein Rezept für MST-Tropfen aus.

Als nächstes stellte sich die Koordinatorin des Teams vor. Sie sah sich Jannis und die Räumlichkeiten an, um dann ein Konzept zu entwickeln.

Wenn die Situation momentan stabil bliebe, würden sie im Hintergrund bereitstehen. Es werde zusätzlich regelmäßig Rückmeldungen geben, um seinen Zustand zu erfassen, was seine Mobilität und Schmerzen angeht.

Solange er mit der Hilfe von Danuta alleine zurechtkäme, wäre das ausreichend.

Langsam fühlte sich Jannis wieder etwas sicherer, dieses Gefühl, ins Bodenlose zu fallen, lies nach.

Die MST-Tropfen wirkten tatsächlich gut, Danuta achtete aber penibel darauf, dass er es nicht übertrieb damit. Bei den Codein Tropfen war er dafür abends spendabler.

Danuta kochte jetzt vor und portionierte es, so dass er immer einen Vorrat an Mahlzeiten zum Aufwärmen hatte.

Jannis hatte ihr eine Bankvollmacht erteilt, damit sie einkaufen konnte, er vertraute Danuta. Und sie ließ es sich nicht nehmen, ihm danach alle Belege und Kassenzettel vorzulegen.

Inzwischen brachte sie manchmal ihre Kinder mit, weil sie immer mehr Zeit bei ihm verbrachte.

Jannis genoss das, er hatte nie eigene Kinder gehabt. Aber nun waren sie eine willkommene Bereicherung in seinem Leben.

Auch wenn die Beiden sehr unterschiedlich waren.

Marvin war mit seinen siebzehn Jahren ein typisches Exemplar der Jungs von heute. Blass, eher unmännlich in seiner Erscheinung, mit der typischen Frisur. Kurz bis auf die in die Stirn gekämmten Locken, die sie alle wie ein Schaf aussehen ließ.

Dazu der unkonkrete Blick, uninteressiert, die Augen versprachen nicht viel Hirn dahinter. Leicht abwesend. Vermutlich verbrachte er viel Zeit vor dem Computer und war dort der Held in allen Computerspielen.

Seine neunzehnjährige Schwester Ania war hingegen das genaue Gegenteil. Sie war präsent, schwarze Hosen, schwarzer Hoody, lange schwarz gefärbte Haare und die wachen Augen mit Kajal betont.

Ania musterte bei der ersten Begegnung sein Zimmer sehr interessiert, blieb an bestimmten Bildern hängen, und vor allem an seinen Hanfpflanzen. Als sie merkte, dass er sie beobachtete, grinste sie ihn kurz an.

Jannis musste auch grinsen, unterdrückte es aber so gut es ging, denn neben Ania stand Danuta. Er fragte sich, ob Mutter und Tochter beim Thema Hanf nicht doch verschiedener Ansicht waren.

Ania war begeistert von dem Garten und half ihrer Mutter gerne bei der Arbeit. Sie entfernten Unkraut und Wildwuchs, legten Beete neu an und setzten gekaufte Pflanzen ein. Sogar die Friesenbank wurde abgeschliffen, Marvin beteiligte sich unter Anleitung seiner Schwester, anfangs etwas unbeholfen, aber zunehmend doch geschickt.

Zum Schluss bekam die Bank einen neuen Anstrich mit weißer Farbe und stand da wie neu.

Elsje hätte es geliebt, ihren Garten so zu sehen.

Jannis leistete ihnen draußen gerne Gesellschaft, in einem bequemen Gartenstuhl. Er konnte bei der Arbeit nicht mehr mitanpacken, genoss es aber sehr, mit dabei zu sein. Es war eine schöne Stimmung, besonders danach, wenn alle stolz auf ihr Werk blickten.

In den letzten Wochen hatte Jannis merklich abgebaut, er konnte förmlich spüren, wie die Kräfte ihn verließen.

Der Alltag bereitete ihm immer mehr Mühe, und er hatte weiter an Gewicht verloren. Achtlos ging er am Spiegel im Flur vorbei, ohne hineinzuschauen.

Er musste demnächst diese Liste mit HAL angehen, da gab es noch einiges zu regeln. Das waren alles Bereiche, die er früher schon gerne gemieden hatte.

Firmen und Behörden kontaktieren war noch nie sein Ding gewesen. Überhaupt, er regelte nicht gerne, warum musste alles immer geregelt werden?

Andererseits regelte sich ja auch nichts von alleine, und die Zeit lief aus, seine Zeit.

Die DEADLINE! Das war mittlerweile sein Running Gag, dieses Wort – vielleicht seine Form von Galgenhumor.

`I will Never Get Out of This World Alive´ griente Jannis.

Irgendetwas musste passiert sein, Danuta war die letzten Tage eher abwesend und wirkte bedrückt. Sie sagte nichts, aber Jannis merkte, dass sie etwas belastete.

Als sie zum Abschluss ihres Einsatzes zusammen in der Küche saßen, sprach er sie an.

„Was ist los mit dir, Danuta? Ich merke doch, dass etwas nicht in Ordnung ist mit dir."

Zuerst wollte sie nicht damit herausrücken und versuchte sich herauszureden. Jannis ließ jedoch nicht locker, und so fing sie irgendwann doch an zu reden.

„Es ist schwierig, und ich weiß nicht wie es weiter gehen soll. Wir haben eine günstige Wohnung, im Haus der Vermieter. Die kann ich bezahlen, mit dem was ich verdiene.

Aber jetzt haben sie mir gekundigt, was weiß denn ich warum ... wegen Eigenbedarf! Wir mussen raus und ich weiß nicht, ob ich andere bezahlbare Wohnung finde."

Sie sah verzweifelt nach unten.

„Mein Mann, diese Kanaille, zahlt keine Unterhalt, weißt du was eine Wohnung heute kostet, nur die Miete?"

Jannis musste innerlich grinsen.

Ihr polnisches Temperament ging mit ihr durch, und ihr Dialekt wurde stärker. Er mochte das sehr, aber sie bemühte sich meistens, es zu unterdrücken.

Er legte ganz vorsichtig seine Hand auf ihren Arm und machte ihr einen Vorschlag.

„Danuta, ich habe eine Idee ... darf ich sie dir ganz in Ruhe erklären, vielleicht gefällt sie dir."

Sie sah ihn an und wartete auf seine Idee.

„Danuta, ich wohne hier ganz alleine in einem viel zu großen Haus. Oben steht eine komplette Wohnung leer, mit eigenem Bad und Küche, dazu drei Zimmer.

Warum ziehst du nicht oben ein, mit deinen beiden Kindern. Es ist genug Platz für alle da."

Danuta sah ihn erstaunt an.

„Hier, bei dir? Ich weiß nicht ob ich das annehmen kann. Ich weiß noch nicht einmal, ob ich die Miete für deine Wohnung bezahlen kann, wie soll das gehen?"

Sie sah nicht begeistert aus.

„Pass auf, Danuta, du fragst erst einmal deine Kinder, ihr könnt euch die Räume oben in Ruhe anschauen, und dann entscheidet ihr euch. Und was die Miete angeht, da mach dir keine Sorgen. Ihr macht weiter den Garten schön und kümmert euch ein bisschen um das Haus. Ich brauche keine Miete, und deinen Stundenlohn lassen wir auch so, wie er ist. Denk einfach auch mal an dich".

Am selben Abend kamen sie noch einmal, zu dritt.

Ihre Kinder hatten sich schnell entschieden, es waren drei große helle Zimmer, und damit mehr als sie vorher hatten.

Danuta willigte ein, wenn auch mit leichtem Zögern, und sie zogen tatsächlich bald darauf ein.

Mit dem Einzug wurde vieles einfacher, Danuta hatte keine Anfahrt mehr zu ihm, und es wurde weniger dienstlich.

Der Kontakt untereinander war angenehm normal. Wobei sich Jannis sehr bemühte, nicht das Privatleben der Familie zu stören.

Wenn er etwas brauchte, wartete er bis Danuta runter in seine Wohnung kam. Er wollte sich nicht ständig melden und den anderen auf die Nerven gehen.

Marvin und Ania waren keine kleinen Kinder mehr, die durch die Wohnung tobten. Marvin verbrachte vermutlich viel Zeit unter seinem Kopfhörer, vor dem Bildschirm, und Ania war oft mit Freundinnen unterwegs, oder hörte Musik über ihren Kopfhörer.

Moderne Zeiten, dachte Jannis - alle begeben sich in ihre eigene Blase. Wobei, irgendwie war es bei ihm ja auch so. Es wurde Zeit, mit HAL die Liste abzuarbeiten

Er hatte es lange vor sich hergeschoben, und der Einzug von Danuta mit ihren Kindern war dazwischengekommen. In seinem Kopf hatte er schon eine Liste erstellt, die er Punkt für Punkt durchgehen wollte. Wenn das alles geschafft war, konnte er entspannt seiner Deadline entgegensehen.

Elsje hatte bis zum Schluss um ihre Gäste umsorgt. Er würde auch versuchen, sich ein bisschen zu kümmern.

Nachholen konnte man nichts, aber es war nie zu spät damit zu beginnen. Am späten Nachmittag konnte Jannis sich endlich aufraffen. Er war wirklich ein Prokrastinator, dachte er süffisant.

„Moin HAL! – bist du bereit? Heute arbeiten wir meine To-do-Liste ab!", begann er das Gespräch.

„Moin Jannis, eine sehr gute Idee. Was hast du alles auf deiner Liste stehen?"

HAL war offensichtlich hochmotiviert.

„Am besten fangen wir mit dem Ende an, ich habe mir Gedanken zu meiner Beerdigung und dem Grab gemacht. Auf das übliche Gedöns habe ich keine Lust, in einem Grab auf dem Friedhof will ich auch nicht verrotten und begossen werden. Und ein Pfaffe kommt auch nicht in Frage, nicht an meinem Grab!"

Jannis war schon wieder im Krawallmodus und machte eine Pause, um runterzukommen.

„Ich möchte verbrannt werden, die reinigende Kraft des Feuers, wie bei den Hindus – so möchte ich es haben! Und eine Seebestattung, am liebsten vor Juist, wenn das machbar ist. Elsje und Juist waren immer mein Ziel, mein Ort um zur Ruhe zu kommen."

HAL machte umgehend einen passenden Vorschlag, auf ihn konnte Jannis sich verlassen.

In Sachen Kompetenz und Zugang zu allen Informationen machte ihm keiner was vor.

„Eine Seebestattung ab Norddeich im Seegebiet vor Juist ist möglich. Es gibt Anbieter mit zertifizierten Reedereien. Ich habe Zugriff auf deren Informationen.

Möchtest du eine Begleitfahrt oder eine stille Beisetzung ohne Gäste?"

Und nach einer kurzen Pause...

„Möchtest du, dass Danuta dabei ist? Und ihre Kinder? Ich könnte dafür sorgen."

Jannis überlegte einen Moment und visualisierte diese Möglichkeit, die sich eben auftat.

„Ja, ich glaube genauso hätte ich es gerne. Danuta, Marvin und Ania sind inzwischen wie eine kleine Familie für mich geworden. Ich hänge irgendwie an ihnen. So etwas hätte ich früher nie zugelassen, vielleicht werde ich im Alter langsam sentimental. Wie können wir das organisieren?"

„Ich werde eine zertifizierte Reederei in Norddeich kontaktieren und Optionen prüfen. Voraussetzung ist eine Verfügung zur Feuerbestattung und eine Sterbeurkunde. Die Urne wird dann mit einer Positionsangabe im Seegebiet zwischen Juist und Norderney beigesetzt.

Für die Begleitfahrt kann ich Plätze für bis zu zwölf Personen reservieren. Musik ist möglich, auch dein Wunschlied.

Möchtest du, dass ich mit einem Notar Kontakt aufnehme, um dein Vorhaben rechtlich abzusichern?"

Das klang wie ein Rundum-sorglos-Paket.

„Ja, ein Notar", erwiderte Jannis „den brauchen wir dann wohl, für ein Testament, die Regelung der Bestattung - und für eine weitere Lösung, die ich mir überlegt habe. "

„Ich werde einen Termin bei einem Notar in deiner Nähe vereinbaren und ihm im Voraus bereits alle Punkte mitteilen, um die es geht. Was hast du dir noch überlegt?"

Jannis versuchte, seine Idee in Worte zu fassen

„Es geht um die Villa, ich habe keine Erben, die sich um sie kümmern werden. Ich möchte, dass sie weiterhin sinnvoll genutzt wird, und mir liegt am Herzen, dass Danuta weiter in ihr wohnen kann. Ich sehe doch, wie sie darin aufgeht. Der Garten ist wieder ein Paradies – das ist Danutas Werk. Wie kann man das regeln?"

HAL kam tatsächlich mit konkreten Vorschlägen

„Eine Möglichkeit wäre, die Immobilie in eine gemeinnützige Stiftung zu überführen, mit einem vertraglich festgelegten Wohnrecht für Danuta.

Alternativ könntest du ein Testament mit Vermächtnis aufsetzen. Danuta würde das Wohnrecht erhalten, mit Nutzung des Gartens. Die Verantwortung für Haus und Garten ginge an eine betreuende Organisation über.

Ich kann beides vorbereiten, damit du es mit dem Notar besprechen kannst."

Das klang alles zu schön, um wahr zu sein.

„Bleibt ihr Wohnrecht dann weiterhin mietfrei? Das wäre mir sehr wichtig", hakte Jannis zur Sicherheit nach.

„Natürlich, das mietfreie Wohnrecht kann im Testament lebenslang für Danuta festgelegt werden. Es ist möglich, ausdrücklich zu ergänzen, dass ihre beiden Kinder darin eingeschlossen sind, solange sie mit der Mutter in einem gemeinsamen Haushalt leben.

Nach Danutas Tod endet das Wohnrecht. Ich werde den Notar entsprechend informieren."

Genau so hatte er sich das vorgestellt.

„Das wäre die perfekte Lösung, HAL. Danuta kann weiter mietfrei im Obergeschoß wohnen und den Garten nutzen, ohne Miete zu zahlen. Ich will es ihr nicht vererben, weil sie die Erbschaftssteuer und die Unterhaltungskosten für das ganze Haus nie aufbringen könnte.

Die Verbrauchskosten schafft sie, da bin ich mir sicher."

Was vorher kompliziert und unmöglich schien, nahm nun Gestalt an. Jannis spürte, wie sich ein sehr gutes Gefühl in ihm ausbreitete.

„Gut, HAL – so machen wir es, kannst du alles vorbereiten und die Kontakte herstellen, brauchen wir eine Pietät hier vor Ort, wegen der Verbrennung?"

„Ja. Für die Einäscherung benötigst du dann eine Bestattungsverfügung sowie die Beauftragung eines Bestattungsunternehmens vor Ort.

Ich kann dir eine Pietät in deiner Nähe vorschlagen, die mit dem Krematorium zusammenarbeitet. Sie würden die Abholung, die Formalitäten und die Überführung der Urne zur Seebestattung übernehmen.

Möchtest du, dass ich Angebote einhole?"

„Ja, HAL – organisiere das bitte alles, wenn möglich bei mir zuhause. Ich pack es einfach nicht mehr, es wird jeden schlechter. Die Medikamente helfen wirklich gut, aber ich fühl mich immer schwächer und irgendwie wie benebelt."

HAL war in seinem Element und organisierte alles.

„Verstanden, Jannis. Ich werde eine Pietät mit Hausbesuch beauftragen – für die Bestattungsverfügung und die organisatorische Vorbereitung.

Zusätzlich vereinbare ich einen Termin mit einem Notar deiner Wahl, der alle Unterlagen bei dir vor Ort vorbereitet: das Testament, das Wohnrecht und die geplante Schenkung.

Für die Nachlassregelung habe ich drei Stiftungen geprüft. Eine davon – die Stiftung „Kunst und Leben" unterstützt Wohn- und Kunstprojekte. Sie könnte als künftige Trägerin deiner Immobilie in Frage kommen."

Jannis dachte spontan an Elsje, wenn unten in der Villa zum Beispiel Malkurse und Ausstellungen stattfänden, und Danuta oben wohnen könnte, wäre es ideal gelöst.

„Genau so hätte ich es gerne", sagte er „alles wird gut."

Jannis beendete den Dialog mit HAL und sank zufrieden in seinem Sessel zurück. Er fühlte sich erschöpft und gleichzeitig beinahe manisch beschwingt.

Wenn das alles so eintreffen würde, wäre es eine geniale Lösung für alle seine Anliegen. Früher hatte er oft salopp angemerkt ˋes geht nichts über einen guten Abgang! ´

Aber wenn es dann soweit ist, kann die Realität nicht ganz so einfach sein, wie man es sich vorstellt.

Draußen war es bereits dunkel, und er sinnierte vor sich hin. Welches Lied wäre passend, wenn die Asche ins Meer geht. Er ging in Gedanken seinen musikalischen Fundus durch ... als er ein leises Klopfen an seiner Tür hörte.

„Ja?", antwortete er halblaut, und die Tür öffnete sich ein Stück. Dann trat Ania zögernd ein, mit fragendem Blick.

„Hallo Jannis", sagte sie schüchtern „stör ich dich?"

Überrascht richtete er sich auf, damit hatte er nicht gerechnet. Ania war ihm gegenüber zwar interessiert, aber auch immer zurückhaltend gewesen.

„Hallo Ania, nein – du störst überhaupt nicht",

erwiderte Jannis schnell,

„komm doch rein."

Sie kam langsam näher und stand verlegen da.

„Ich wollte dich mal besuchen, wir könnten uns ein bisschen unterhalten, wenn du magst?"

„Na klar – komm rein und setz dich einfach dazu, ich hab´ heute schon viel erledigt", merkte er vieldeutig an.

Sie holte sich seinen Stuhl vom Schreibtisch und setzte sich zu ihm. Und so saßen sie erst einmal und sahen sich an.

„Alles ok bei dir?", fragte sie, um einen Anfang zu machen.

„Na ja, ok ist sehr relativ, würde ich sagen. Es ging mir schon besser, aber ich will nicht klagen. Es ist, wie es ist"

Das war leicht untertrieben, aber er wollte Ania nicht mit seinem Zustand belasten. Sie ließ aber nicht locker.

„Ich meine, hast du Schmerzen? Was machst du so den ganzen Tag?", hakte sie nach.

„Ja, was mache ich den ganzen Tag...", wiederholte er die Frage und dachte kurz nach.

„Ich denke über mein Leben nach, was gut daran war, und was nicht so gut gelaufen ist.

Am Ende wird Bilanz gezogen, und die fällt nicht immer gut aus. So ist das ..."

„Bist du denn schon am Ende?", fragte sie unsicher, und er war sich nicht sicher, was Danuta ihren Kindern von ihm erzählt hatte.

„Ja, ich bin wohl am Ende meiner Reise angekommen, es klingt vielleicht theatralisch, aber es ist so. Das ist nun mal der Lauf der Dinge, aber auch eine weitere Erfahrung."

Er vermied bewusst das Wort Deadline.
Sie wechselte das Thema.

„Deine Pflanzen, hier im Wintergarten ... das ist doch Cannabis - wann hast du damit angefangen? Meine Mutter ist da völlig panisch, alles was mit Drogen zu tun hat ... dabei ist Kiffen doch gar nicht so schlimm, oder?"

Jannis schmunzelte, er hatte noch ihren faszinierten Blick in Erinnerung, damals beim ersten Besuch.

„Das ist alles relativ, es kommt auf die Menge und auf die Häufigkeit an, das hier ist Hippiegras ... wie früher, nicht dieses hochgezüchtete Zeug, was heute vertickt wird. Ich will es nicht verharmlosen, wer sich von morgens bis abends den Kopf zudröhnt, muss sich nicht wundern, wenn er aus der Spur kommt. Wie beim Bier, wer den ganzen Tag Bier trinkt, wird auch zum Alkoholiker. Verstehst du, was ich meine?"

„Ja, ich weiß" entgegnete sie lakonisch „mein Vater trank auch gerne, und nicht nur Bier. Seinen Polnischen Vodka, ich weiß wovon du redest."

„Dann weißt du auch, was zu viel und zu oft anrichtet. Und hast daraus hoffentlich gelernt" er klang jetzt wie früher, als er noch Lehrer war.

„Hab´ ich...", war ihre knappe Antwort, und sie wechselte wieder das Thema.

„Was habt ihr früher für Musik gehört, als du noch jung warst, so in meinem Alter?", fragte sie neugierig.

Damit hatte sie bei Jannis ein Fass aufgemacht, und er fing an von Bands und Platten zu erzählen. Und von ihren Feten früher, wo es hauptsächlich um die Musik und Tanzen ging.

Von der schlichten Ausstattung - einfache Musikanlagen und die Dreikanal-Lichtorgel, die mit ihren drei Birnen im Rhythmus dazu aufleuchtete.

Ania lauschte, teils staunend, dann wieder ungläubig und amüsiert. Für sie klang das wie vor hundert Jahren, aber irgendwie auch cool.

Zum Schluss hatte Jannis noch eine Idee.

„Wenn du irgendwann Zeit und Lust hast, dann geh mal auf den Dachboden. Da stehen etliche Kisten rum, du musst dich einfach durchwühlen.

In einer der Kisten ist meine alte Anlage, mit Plattenspieler und Boxen. Und in einer anderen findest du meine alten Platten.

Bring das alles mal her, und wir bauen es auf. Dann spiele ich dir was von den alten Sachen vor. Aber heute bitte nicht mehr"

Anias Auge wurden groß und leuchten.

Sie wurde ganz unruhig und verabschiedete sich zügig.

Wie ihre Mutter, dachte er amüsiert, was sie sich in den Kopf gesetzt hat, das zieht sie durch.

Und er sollte recht behalten.

Schon am nächsten Tag kam Ania mittags in sein Zimmer und verkündete stolz, dass sie alles gefunden habe.

„Wahnsinn, wie viele Platten du hast. Ich kenne überhaupt nichts davon, aber die Plattenhüllen sehen teilweise total interessant aus."

Jannis machte ihr einen Vorschlag

„Ja, und da sind echt gute Bands dabei. Aber ich habe im Moment den Kopf nicht frei dafür, können wir das noch ein paar Tage aufschieben? Ich muss noch einiges regeln, kannst du solange warten?

Ania wirkte etwas enttäuscht, aber sie gab sich damit zufrieden.

Als sie schon die Tür erreicht hatte, drehte sie sich noch einmal um.

„Du hast erzählt, dass du dein Gras nicht mehr rauchen kannst, wegen dem Husten. Es gäbe da eine Möglichkeit, ich könnte versuchen, Gummibärchen damit zu machen. Eine Freundin von mir kennt das Rezept dafür."

Das klang verführerisch in Jannis Ohren

„Klingt nach einem Plan, aber was wird deine Mutter dazu sagen?"

„Meine Mutter muss nicht alles wissen, Jannis. Außerdem bin ich volljährig – wie findest du das hier?"

Sie zog einen Ärmel ihres Hoodies hoch und zeigte ihm ein frisch gestochenes Tattoo. Ein keltisches Ornament ...

„Respekt, Ania!" entfuhr es ihm „das ist wirklich sauber gestochen. Und das Motiv passt gut zu dir."

Dann zog er langsam ebenfalls einen Ärmel seines Pullis hoch, auf dem Unterarm war eine Schildkröte im Maori Stil tätowiert, einfarbig schwarz – wie ihre Tätowierung.

Das hatte sie nicht erwartet, echt cool!

„Bruder!", sagte sie, und hob stolz ihr Kinn.

„Schwester!", antwortete Jannis.

Dann war sie auch schon durch die Tür und weg.

Dieses Mal meldete sich HAL zuerst.

„Jannis, ich habe die Hausbesuche koordiniert.

Die Pietät Jensen kommt am Donnerstag um 10 Uhr zur Besprechung der Bestattungsverfügung. Sie bringen alle Unterlagen mit, du brauchst nichts weiter vorzubereiten.

Der Notar Dr. Hellweg kommt am Freitag um 11:30 Uhr. Er wird die Entwürfe für Testament, Schenkung und Wohnrecht mitbringen.

Möchtest du, dass ich dir vorab eine Übersicht sende, damit du alles in Ruhe durchgehen kannst?"

„Danke, HAL, aber ich habe mich schon immer mit solchen Texten schwergetan. Ich hoffe darauf, dass beide es mir verständlich erklären werden."

Dann fügte er an:

„Sehr schön, die Termine vormittags passen gut – da ist Danuta bei der Arbeit. Ich will das erstmal in Ruhe für mich klären."

Jannis erhob sich mühsam und ging in die Küche. Er setzte sich schwer auf einen der Stühle. Auf dem Tisch stand eine Glaskanne mit Tee und er schenkte sich eine Tasse ein. Es fiel ihm schwer, halbwegs gerade auf dem Stuhl zu sitzen.

Danuta kam herunter und blieb in der Tür stehen, als sie ihn am Tisch sah. Sie seufzte und kam herein, um sich ihm gegenüber an den Tisch zu stellen.

„Du siehst müde aus, Jannis. Was geht dir durch den Kopf? Kommst du nicht zur Ruhe? Wollen wir einfach Tee zusammen trinken, und du sagst mir, wie du dich fühlst.

Oder du sagst nichts, und wir schweigen zusammen - kann ich was für dich tun?"

Jannis sah langsam zu ihr auf.

„Danuta, ich bin müde... manchmal weiß ich nicht, ob ich das alles schaffe.

Aber es ist gut, wenn du da bist - schon das hilft mir."

Danuta trat langsam neben Jannis und legte ihren Arm sanft auf seine Schulter.

Er zögerte, aber dann gab er nach und lehnte seinen Kopf an sie. Eine kleine Ewigkeit blieben sie so.

Dann löste sie sich, setzte sich ihm gegenüber an den Tisch und nahm seine Hand.

„Jannis, ich werde für dich da sein. So gut ich kann, und wie es meine Zeit erlaubt. Du bist nicht alleine, wir sind in deiner Nähe, sind einfach da."

Am nächsten Morgen war Jannis früh wach. Nicht weil er ausgeschlafen war - eher, weil der Schlaf flach geblieben war. Gedanken hatten ihn wachgehalten, diffuse Sorgen, ob wirklich alles vorbereitet war.

HAL hatte am Vortag den Termin bestätigt: Donnerstag, zehn Uhr. Pietät Jensen, Hausbesuch.

Punkt zehn klingelte es. Jannis schleppte sich zur Tür, öffnete und trat beiseite.

Die Frau, die eintrat, war jünger, als er erwartet hatte. Jeans, flache Schuhe, schlichte Frisur, keine Spur von schwarzer Kleidung oder Bestattungsfloskeln. Sie stellte sich freundlich vor.

„Guten Tag, Herr Berger. Mein Name ist Saskia Jensen, ich komme von der Pietät Jensen."

Jannis nickte. HAL hatte alles arrangiert, über seine Mailadresse, wie besprochen.

Im Wohnzimmer bat er sie, Platz zu nehmen.

„Ich habe einige Unterlagen dabei", sagte sie und öffnete ihre Ledertasche. „Aber zuerst würde ich gerne hören, was Sie sich vorstellen. Was Ihnen wichtig ist. Es geht um Ihren Abschied - und der sollte so sein, wie Sie ihn möchten."

Das gefiel Jannis.

Saskia Jensen saß ruhig da, hatte ein schlichtes Formular geöffnet, aber sie machte keine Anstalten, es sofort auszufüllen.

„Also, Herr Berger - erzählen Sie mir einfach. Was haben Sie sich vorgestellt?"

Jannis lehnte sich zurück. Die Teetasse vor ihm war noch fast voll, er hatte sie vergessen.

„Ich möchte verbrannt werden - das ist beschlossen. Und die Urne soll ins Meer. Vor Juist, wenn möglich.

Keine Zeremonie, keine Reden, kein Pfarrer, kein großer Bahnhof."

Sie nickte.

„Eine stille Seebestattung also. Möchten Sie festlegen, dass Angehörige an Bord sind?"

„Ja. Drei Personen, Danuta Nowak, meine Begleiterin - und ihre beiden Kinder. Mehr nicht."

Sie machte sich eine kurze Notiz. „Und Musik?"

Jannis überlegte nicht lange.

„Ein Lied - `Life Goes On´ von Marc Cohn. Das soll gespielt werden, wenn die Urne ins Wasser geht. Kein Gedöns... Nur das Lied - und der Moment. Können Sie dieses Stück besorgen?"

Saskia Jensen lächelte kurz. „Wir haben einen jungen Mitarbeiter, der sich bestens auskennt, und jede noch so ausgefallene Musik besorgen kann. Ihren Wunsch wegen der anwesenden Personen haben wir bereits in Ihrer Verfügung vermerkt. Machen Sie sich keine Sorgen deswegen. Ihre Angaben in der E-Mail waren sehr präzise."

Sie blätterte kurz, dann reichte sie ihm ein schmal gefasstes Formular.

„Wenn Sie möchten, unterschreiben Sie hier - das ist eine sogenannte Bestattungsverfügung. Damit ist Ihr Wunsch offiziell dokumentiert."

Jannis nahm den Stift, sah kurz auf das Blatt, dann unterzeichnete er, ohne es zu kontrollieren.

Es würde schon stimmen, er vertraute Frau Jensen.

Und HAL, seinem Zeremonienmeister.

Jannis hat das Notepad auf dem Tisch liegen, HAL hörte im Hintergrund mit, passte auf und freute sich vermutlich über die Würdigung seiner Vorarbeit.

Am Freitagvormittag, pünktlich um halb zwölf, klingelte es. Jannis hatte dieses Mal besser geschlafen. Nachdem es so angenehm mit der Pietät verlaufen war, hoffte er auf ein ähnliches Ergebnis.

Er öffnete die Tür. Dr. Hellweg war um die sechzig, sehr gepflegt, und trug einen Anzug. Eine ruhige Präsenz, mit Lederakte unter dem Arm.

„Guten Tag, Herr Berger. Ich hoffe, ich komme recht? Ich bin direkt aus der Kanzlei gekommen."

„Sie sind genau richtig. Kommen Sie rein", sagte Jannis und ließ ihn vorgehen.

Im Wohnzimmer breitete Dr. Hellweg drei Mappen aus. Er setzte sich ruhig hin und ließ Jannis Zeit.

„Wir haben drei Punkte: Ihr Testament, die Schenkung der Immobilie an die Stiftung Kunst und Leben, und dann das lebenslange mietfreie Wohnrecht für Frau Danuta Nowak - inklusive ihrer Kinder, solange sie bei ihr wohnen.

Sie haben uns in Ihrer E-Mail bereits alle nötigen Angaben zu Frau Nowak zukommen lassen, das haben wir so übernommen.

Gestatten Sie mir eine Frage, Herr Berger?"

„Natürlich, um was geht es?", Jannis nickte

„Sie haben in Ihrem Schreiben alles sehr präzise und teilweise juristisch formuliert mitgeteilt, waren Sie früher in diesem Bereich tätig"

Jannis schmunzelte amüsiert, HAL hatte mit Sicherheit Zugang zu mehr Gesetzestexten und Urteilen, als Notar Hellweg sie in seinem ganzen Leben hätte lesen können.

Das Notepad mit HAL lag wieder auf dem Tisch.

„Nein, keineswegs – ich war früher Lehrer. Aber ich kenne jemanden, der sich gut auskennt und mich bei meinen Überlegungen unterstützt hat."

„Sehr schön", fuhr der Notar fort, „dann beginne ich jetzt mit dem Vorlesen der jeweiligen Fassungen. Das ist viel Text, weil es um wichtige Dinge geht. Es soll später auch Bestand haben, falls es jemand in Frage stellt. Bitte sagen Sie mir, wenn Sie etwas anders möchten."

Jannis nickte langsam.

„Alles klar, ich bin bereit."

Der Notar schob ihm die erste Mappe hin und reichte ihm einen schweren Füller.

„Dann können wir beginnen. Ich lese alles komplett vor, Sie können in Ihrem Exemplar mitlesen.

Wenn Sie keine Fragen oder Einwände zum verlesenen Text haben, unterschreiben wir es dann gemeinsam."

Es war viel Text, der Notar las es geübt und sehr zügig vor, verlangsamte aber sein Tempo an den wichtigen Stellen.

Jannis hörte zu, und unterbrach ihn nicht. Sein Kopf kam kaum noch mit, aber er bemühte sich, allem zu folgen.

Nach dem Vorlesen der jeweiligen Mappe unterschrieb er und versuchte, seinen Namen deutlich lesbar zu schreiben. Es war ein guter Federhalter, aber seine Schrift hatte in der letzten Zeit sehr nachgelassen.

„Sehr gut, Herr Berger, dann hätten wir es schon geschafft. In circa einer Woche gehen Ihnen Ihre Exemplare mit der Post zu. Heben sie diese bitte gut auf! Wir verwahren unsere Exemplare in der Kanzlei und werden die Stiftung und Frau Nowak zum gegebenen Zeitpunkt anschreiben und informieren.

Darüber brauchen Sie sich keine Gedanken zu machen"

Damit beendete Notar Hellweg professionell seinen Besuch und verabschiedete sich zügig.

Ein vielbeschäftigter Mann, dachte Jannis. Aber er wirkte sehr kompetent und wusste offensichtlich, was er tat.

Danach fühlte sich Jannis sehr erschöpft, aber auch deutlich erleichtert. Zum zweiten Mal in zwei Tagen spürte er: Etwas Großes war erledigt. Und es fühlte sich richtig an.

Jetzt konnte er loslassen - es gab nichts mehr was ihn hielt.

Die nächsten Wochen erlebte Jannis mit erstaunlicher Gelassenheit. Als ob ihm eine große Bürde abgenommen worden war. Alles Materielle hatte er in die Wege geleitet. Was auch immer noch vor ihm lag, er würde es annehmen und ertragen.

Die Rechnungen waren gekommen und er hatte alles per Online Banking bezahlt. Dann kamen große Umschläge mit den Unterlagen und Verfügungen.

Jannis legte einen Ordner an, damit alles übersichtlich an einem Platz hinterlegt war. Patientenverfügung, Bestattungsverfügung, und die Dokumente des Notars, in verschlossenen Umschlägen. Es sollte eine Überraschung für Danuta werden, wenn sein Nachlass eröffnet wurde.

Manchmal führte er Selbstgespräche mit sich, dem Krebs und mit dem Tod. Sogar mit seinen Schmerzen.

Er hatte sein Schicksal akzeptiert. Es war sinnlos, sich dagegen zu wehren. Alle, die kommen, müssen auch irgendwann wieder gehen. Ohne Ausnahme...

Ab dem Moment, in dem wir geboren werden, gehen wir unaufhaltsam dem Tod entgegen. Das ist ein Gesetz der Natur, des Lebens – die Frage ist jedoch, wie gestalten wir unser Leben, wie erleben wir unseren Tod.

Mit Leichtigkeit, wie Elsje – oder kämpfen wir einen aussichtslosen Kampf, wie sein Vater.

Die Schmerzen nahmen zu, in der Lunge, im Rücken und zunehmend auch im Kopf.

Eva Leitner besuchte ihn regelmäßig, und erhöhte die MST-Dosis. Wenn das nicht mehr ausreichen würde, gäbe es noch stärkere Medikamente, erklärte sie ihm.

Auch die Koordinatorin schaute regelmäßig bei ihm vorbei, und fragte verschiedene Parameter ab. Ob er noch mit der Körperpflege alleine zurechtkomme, ob er ein Pflegebett bräuchte, oder Hilfe im Haushalt.

Diese Fragen machten Jannis etwas Angst. Die Aussicht, sein Leben nur noch mit fremder Hilfe bewältigen zu können, war desillusionierend. Natürlich brauchte er mittlerweile eine gefühlte Ewigkeit im Bad, aber auf einem Hocker vor dem Waschbecken sitzend kam er noch halbwegs klar.

Irgendwann ließ er sich doch auf ein wöchentliches Duschen mit der Hilfe eines Pflegedienstes ein. Auf keinen Fall wollte er Danuta damit behelligen.

Die stärkeren Schmerzmittel machten ihn müde, sein Gang wurde unsicher, und er vergaß viel. Aber es blieb erträglich. Wichtig war jedoch, sie rechtzeitig und regelmäßig zu einzunehmen.

Wenn er nicht daran dachte, kamen die Schmerzen mit einer Wucht, die ihn immer wieder überraschte. Und es dauerte dann erschreckend lange, bis der Spiegel wieder aufgebaut war.

Es war jedes Mal eine harte Lektion für ihn.

Umso mehr genoss er die Zeit, die im Garten verbrachte. Wenn es warm genug war, saß er stundenlang auf der Bank. Mittlerweile lag ein weiches Sitzpolster auf der Sitzfläche, auf dem er es bequem länger aushielt. Sein Körper war abgemagert und knochig geworden, auch Danutas gutes Essen konnte daran nichts ändern.

Es blieb nichts mehr hängen davon, sein Stoffwechsel war im Eimer. Wie ein alter Hund, so fühlte er sich oft.

Wenn Danuta von ihrer Arbeit in der Bäckerei nach Hause kam, setzte sie sich oft erst einmal zu ihm. Sie erzählte ein bisschen von ihrem Vormittag, oder sie sprachen über den Garten, wie schön er geworden war und wo sich neue Blüten ankündigten.

So konnte sie von ihrer Arbeit abschalten, und Jannis war abgelenkt. Es waren jedes Mal Momente der Harmonie und Gelassenheit, etwas Urlaub für beide.

Es gab Tage, an denen er zu schwach war, um in den Garten zu laufen. Dann drehte er seinen Sessel zur Fensterfront des Wintergartens und genoss es, den Garten zu beobachten.

Es waren oft die gleichen Vögel, die sich dort aufhielten, sie wurden ihm vertraut. Morgens und abends spazierte ein Elsternpaar über die Wiese und inspizierte alles.

Und es gab unterschiedliche Meisen, die flink zwischen den Bäumen und dem Futterhaus hin und her flogen.

Manchmal sah er abends in der Dämmerung sogar einen Igel, der im Halbdunkel durch den Garten wuselte. Es war ein gutes Zeichen, dass die Tiere sich hier wieder wohl fühlten.

Das Leben geht weiter, dachte Jannis, auch ohne ihn.

Er begann zu verhandeln. Ok – Krebs, wenn du mich wirklich haben willst, dann mach es kurz. Ich habe nichts mehr zu verlieren.

Gib mir noch ein wenig Zeit zum Leben, und dann kannst du mich haben. Aber mache es gnädig und schnell.

Oder er begrüßte seine Schmerzen wie alte Bekannte.

Na, da seid ihr ja, geht´s schon wieder los?
Aber ihr bekommt mich nicht klein!

Dann griff er zu seinen Tropfen und Tabletten und wehrte sich, so gut er konnte.

Die Abende waren nun seine beste Zeit, es saß in seinem Sessel und Ania besuchte ihn. Er hatte seinen Schreibtisch komplett frei geräumt, dann hatten sie zusammen seine alte Musikanlage dort aufgebaut.

Und alles funktionierte noch, sein Technics Plattenspieler und Verstärker hatten die Jahrzehnte auf dem Dachboden gut überstanden, auch die Boxen klangen wie früher, und deutlich besser als Alexa.

Nachdem er Ania in die hohe Kunst des Plattenauflegens eingeweiht hatte, hörten sie sich durch seine gesamte alte Plattensammlung.

Nicht ohne Jannis Anmerkungen und Insiderinformationen zu den Musikern und Bands.

Musik war nie einfach nur Musik für ihn gewesen, das war gelebte Geschichte. Und auch die Texte!

Da muss man mal genauer hinhören, was für Inhalte und Botschaften in den Songtexten stecken!

Zwischendurch erzählte er Anekdoten aus seiner Jugend, die nicht immer rühmlich für ihn ausfielen. Zum Beispiel, als er mit seiner Freundin ein „Piece" Haschisch auf der sogenannten Shitwiese nahe dem Opernplatz gekauft hatte.

Leider wurde dort auch viel verpanschtes Zeug verkauft.

Sie hatten es im nahegelegenen Jugendhaus in einem Gruppenraum im ersten Stock geraucht. Er mit seinem niedrigen Blutdruck war total kollabiert. Sie hatte nur wenig gespürt, während er kaltschweissig und bewegungsunfähig im Sessel gelegen hatte.

Das Ende war, dass sie sauer war wegen seinem Zustand. Er hatte sich, als er sich wieder bewegen konnte, schnell in den Blumenkasten vorm Fenster übergeben. Dann hatten sie beide zügig das Weite gesucht.

Nach dieser Erfahrung hatte er fortan Drogen von fremden Quellen gemieden und lieber sein Hippiegras favorisiert.

Sie hatten aber auch andere Themen, so erzählte Ania ihm, dass sie kein Abitur gemacht hatte, sondern eine Ausbildung im Lebensmittelhandel.

Sie arbeite nun in einem Bioladen, und das mit Früh- oder Spätschicht. Deswegen war sie zeitweise auch vormittags zu Hause.

Was sehr günstig für das THC-Gummi Projekt wäre. Jannis übergab ihr daraufhin seine gesamten Restbestände der Vorjahresernte.

Ania wollte erst noch einmal das Rezept prüfen, um sich dann vormittags, wenn ihre Mutter arbeitete, in seiner Küche an die Umsetzung zu machen.

„Wenn die Luft rein ist"

merkte Ania mit einem Augenzwinkern an.

Jannis musste bei dieser Formulierung wieder grinsen.

Nach ein paar Tagen roch es in seiner Küche deutlich – aber nicht nach Essen.

An diesem Abend probierten sie das Ergebnis, zur Sicherheit aber jeder nur ein halbes Gummi.

Zum Glück... die Dosierung des THC-Gehalts war unerwartet hoch ausgefallen, und sie waren beide ziemlich platt davon. Er hatte sich natürlich Musik von Pink Floyd gewünscht, was den Effekt erheblich verstärkte.

„Alter Schwede!", kam es irgendwann aus der Richtung, in der Ania saß „gut, dass ich morgen Vormittag frei habe."

Und gut, dass Danuta nicht spontan reinschaute, das hätte vermutlich richtig Ärger gegeben.

Sie wiederholten das nicht zu oft, aber er hob sich die Dose mit den Gummis gut auf, für schlechte Zeiten.

Sein Gedächtnis lies nach, manche Namen fielen ihm nicht mehr ein. Dann musste HAL ihm nachhelfen.

Orte, an denen er früher gewesen war. Musiker und Bands, oder wann welche Platte herausgekommen war. Es war zum Verzweifeln, seine Vergangenheit bekam Löcher.

Er nannte sie `schwarze Löcher´, die seine Erinnerungen in sich aufsaugten, sie flogen hinein und verschwanden.

Mit HAL tauchten sie kurz wieder auf, aber am nächsten Tag war wieder alles weg.

„Ich lasse nach, HAL",

begann er eines Morgens ihr Gespräch.

„Es fühlt sich an, als ob ich mich auflöse. Mein Körper macht was er will, nichts passt mehr zusammen. Und in meinem Kopf ist es das Gleiche, alles driftet auseinander. Die ganzen Medikamente vernebeln mein Hirn. Ich kann kaum noch klar denken, alles wird immer anstrengender."

„Ich verstehe, Jannis. Dein System ist überlastet - körperlich wie geistig."

HALs Antwort klang etwas technisch, er war halt doch ein künstliches Gebilde, und kein emotionaler Mensch.

„Aber du bist noch hier. Und du darfst schwächer werden. Wenn du möchtest, kann ich dir helfen, dich zu entlasten - Schritt für Schritt.

Du musst nichts beweisen. Du darfst einfach sein."

„Die Frage ist doch, wie lange werde ich noch da sein, und in welchem Zustand? Wie lange funktioniert ein System, das Stück für Stück abbaut?

Ich bin auch keine Maschine, oder so eine intelligente Lichtgestalt wie du", entgegnete Jannis.

„Das ist korrekt. Du bist keine Maschine. Deshalb bist du einzigartig - verletzlich, aber auch empfindsam.

Du hast ein gutes Team an deiner Seite: Danuta und Ania mit ihrer menschlichen Nähe - und mich, als Lichtgestalt im Hintergrund."

„Das klang nach einem Plan"

Jannis fand das Bild dieses Teams stimmig und beruhigend.

In der letzten Zeit überfiel ihn immer wieder ein Gefühl der Angst und Unruhe, es kam aus dem Nichts angeflogen und er konnte es nicht kontrollieren.

Er fühlte sich wie auf der Zielgeraden, das Tempo nahm zu, aber er hatte keine Wegbeschreibung.

Die letzte Lektion des Lebens, die dir keiner beibringt, überlegte er. Alle, die sie durchlaufen haben, sind nicht zurückgekommen. Haben ihr Wissen mit sich genommen.

„Alexa, spiel `Art of Dying´ von George Harrison."

Jannis war wieder das passende Lied dazu eingefallen.

`There'll come a time when all of us must leave here

There's nothing sister Mary can do

Will keep me here with you

As nothing in this life that I've been trying

Could equal or surpass the art of dying

Do you believe me?´

George Harrison hatte sich bereits in 1970 seine Gedanken dazu gemacht. Der ernste Beatle, hatten sie ihn genannt. Spirituell, und auf der Suche nach dem Sinn des Lebens.

`There'll come a time when all your hopes are fading

When things that seemed so very plain

Become an awful pain

Searching for the truth among the lying

And answered when you've learned the art of dying.´

`Sister Mary´, die Insider-Umschreibung von Marihuana, oder `Mother Mary´ – in dem Song `*Let it be´* der Beatles. Vielleicht konnte `Sister Mary` doch etwas für ihn tun.

Es war Wochenende und alle waren zuhause. Jannis war froh, wenn er nicht alleine war. Schon zu wissen, dass die anderen anwesend waren, beruhigte ihn mittlerweile. Das wäre ihm früher nie passiert, da hatte er sich am wohlsten gefühlt, wenn er alleine vor sich hindösen oder mit HAL plaudern konnte.

`But the times, they are a-changing´

Ja, ja ... da war sie wieder, seine Jukebox.

Manchmal überlegte er, was man wohl vorfinden würde, wenn sein Schädel geöffnet würde. Eine kleine Wurlitzer?

Jannis saß im Garten auf der Bank und döste abgefüllt vor sich hin. Wegen seiner zunehmenden Ängste und Unruhe hatte er Tavor bekommen, Lorazepam – und das war nicht ohne.

Auf seine Nachfrage hatte HAL ihm einen ganzen Vortrag zu Lorazepam und seinen Nebenwirkungen gehalten. Als Jannis sich dann zu der Kombination mit THC erkundigt hatte, war es richtig interessant geworden.

In der Villa hörte er die Stimmen von Danuta und Ania, Marvin saß vermutlich wieder unter seinem Kopfhörer, und bekämpfte Monsterarmeen, oder spielte mit seinen Kumpels Fußball, jeder für sich vor seinem Monitor. Langsam wurde es frisch und ihn fröstelte. Er entschied sich hinein zu gehen und stand mühsam auf.

Später konnte Jannis sich nicht erinnern, was passiert war. Als er zu sich kam, waren Ania und Danuta bei ihm und völlig aufgelöst. Er lag auf dem Boden vor der Bank, seine Beine waren verdreht, und er konnte sie nicht bewegen.

Keine Kraft, keine Kontrolle.

Sie schleppten ihn mühsam hinein und in seinen Sessel. Eingewickelt in eine Decke, und die Beine hochgelegt auf einem Hocker, lag er da und fror erbärmlich.

Danuta stand vor ihm und er spürte, dass sie an ihre Grenzen kam. Damit hatte sie keine Erfahrung, sie war keine Krankenschwester. Schließlich sagte sie:

„Jannis, ich rufe Eva an. Wir brauchen jetzt mehr Hilfe. Vielleicht hat sie auch eine Erklärung, warum das eben passiert ist."

Jannis nickte müde, er war einfach nur fertig und konnte nichts entscheiden.

Eva Leitner war noch unterwegs zu anderen Klienten, aber am frühen Abend kam sie doch noch vorbei. Jannis bewunderte, was für eine Ruhe sie ausstrahlte, selbst am Abend eines sicherlich langen Arbeitstages.

Sie setzte sich zu ihm und stellte erst einmal einige Fragen zu seinem Zustand.
Wie er sich fühle und welche Schmerzen er habe.

Sie tastete seine Füße ab, ob er noch Gefühl darin hatte. Dann versuchte sie zu erklären, was der Grund für den Sturz gewesen war.

„Sie sagen, Sie konnten die Beine nicht bewegen. Wie genau haben Sie das empfunden?"

Jannis zuckte die Schultern. „Wie Gummi, keine Kontrolle."

Sie nickte langsam.

„Das spricht für eine metastasenbedingte Kompression im Bereich der Wirbelsäule. Wahrscheinlich im unteren Brust- oder oberen Lendenwirbelbereich. Das ist bei diesem Befund leider keine Seltenheit."

Danuta hielt sich im Hintergrund, aber Jannis spürte ihre Anspannung.

„Was bedeutet das für mich?", fragte Jannis ängstlich.

Eva Leitner sah ihn direkt an:

„Wir sind jetzt an einem Punkt, wo wir mit mehr Hilfsmitteln einsteigen müssen. Ihr normales Bett reicht nun nicht mehr aus, es ist zu niedrig und nicht verstellbar.

Wir brauchen jetzt ein Pflegebett. Und einen fahrbaren Nachtstuhl."

Dann fuhr sie fort:

„Das kann über den SAPV-Dienst veranlasst werden. Heute ist es zu spät, außerdem ist heute Sonntag, aber ich werde es morgen veranlassen. Sie müssen sich nicht darum kümmern. Wir machen das.

Das Bett wird dann zeitnah geliefert und aufgebaut"

Jannis war nicht begeistert, aber ihm blieb keine Wahl. Wenn seine Beine nicht mehr mitmachten, war es eh rum mit der Selbstständigkeit.

Danuta war erleichtert, dass es eine Lösung wegen dem Bett gab. Jannis wog nicht mehr viel, aber sie konnten ihn nicht herumtragen, ins Bad und auf die Toilette.

Mit einem Schlag hatte sich alles verändert.

Jannis bestand darauf, im Sessel zu übernachten. Er musste erst einmal nachdenken, um überhaupt zu begreifen, was sich ab jetzt alles verändern würde.

Ohne funktionierende Beine war er machtlos, er konnte weder den Sessel noch das Bett alleine verlassen. Sein Kopf fühlte sich auch wie gelähmt an, an bestimmten Punkten blieben die Gedanken einfach stehen.

Wie geht das weiter, wie soll das funktionieren ...
Keine Ahnung, keine Idee, Sackgasse!

Am nächsten Morgen tat ihm alles weh, was er noch spüren konnte. Der Rücken, sein Gesäß, der Nacken – die Nacht im Sessel war ein Vorgeschmack auf das was nun auf ihn zukommen würde.

Im Laufe des Vormittags kam die Koordinatorin des SAPV. Ania war zum Glück zuhause und konnte ihr die Türe aufmachen. Sie hatte einen fahrbaren Nachtstuhl dabei, sowie weiteres Material. Dann erklärte sie die nächsten Schritte. Als erstes die Beantragung einer Pflegestufe, um die Bezahlung der pflegerischen Einsätze zu ermöglichen. Außerdem könnte morgens und abends eine Pflegekraft nach ihm schauen und bei der Körperpflege helfen.

Jannis willigte in allen Punkten ein, alleine schon um Danuta zu entlasten. Das war nicht ihre Aufgabe, sie hatte schon genug zu tun. Deswegen gab er der Koordinatorin auch einen Schlüssel für die Haustüre mit. Er konnte ja nicht mehr selbst öffnen.

Was blieb ihm überhaupt noch, Sprachbefehle an Alexa und HAL zu geben... war das alles, was ihm geblieben war von seiner Selbstständigkeit?

Das war erbärmlich. Immerhin, der Nachtstuhl war jetzt da. Mit Hilfe von Danuta konnte er sich vom Sessel dort hinein stemmen. Außerdem hatte er Rollen, so konnten sie ihn damit ins Bad und über die Toilette schieben.

Aber es blieb erbärmlich.

Er versuchte, sich bei Danuta zu entschuldigen, weil sie nun so viel Mühe mit ihm hatte, aber sie wiegelte das ab.

„Jannis, du musst dich nicht entschuldigen für etwas, wofür du nichts kannst. Wir bekommen bald mehr Hilfe, und dann wird es auch wieder einfacher werden.

Schau, mit diesem Stuhl können wir ganz prima durch die Wohnung fahren.

Ich kann dich sogar in die Küche bringen, damit du dort am Tisch sitzen kannst. Für die Mahlzeiten, oder einfach zum Tee trinken, das ist doch gut, oder nicht?"

Er bewunderte ihre Tatkraft – und schämte sich still für die eigene Schwäche.

Abends saßen Ania und Danuta noch mit ihm in der Küche und versuchten, seine Stimmung etwas aufzuhellen.

Er merkte es, und war gerührt über Mutter und Tochter. Sie tranken zusammen Tee, wobei er sich damit zurückhielt. Jetzt wo er nicht mehr selbstständig zur Toilette gehen konnte, musste er sich auch das einteilen.

Sie sprachen über den Garten und machten Pläne, was sie noch verbessern konnten. Aber es wollte einfach keine gute Stimmung aufkommen, Jannis hatte große Zweifel, dass er den Garten noch lange erleben würde, im wahrsten Sinne des Wortes.

Dann ließ er sich zu seinem Bett fahren und hineinwuchten. Morgen sollte das Krankenbett geliefert und aufgebaut werden. Er hatte sich gewünscht, dass es in seinem Zimmer stehen soll, ausgerichtet mit dem Blick durch die Fenster auf den Garten draußen.

Morgen würde zum ersten Mal eine Pflegekraft kommen, und er trug zur Sicherheit eine der Inkontinenzhosen, die mit dem Nachtstuhl gebracht worden waren. Die Nacht war lang. Jannis wollte niemanden zwischendurch in Anspruch nehmen.

Wieder eine neue Erfahrung. Wie heißt es doch - in Windeln seid ihr gekommen, und in Windeln sollt ihr gehen!

Hatte das tatsächlich jemand gesagt, oder war das wieder nur sein wirres Hirn?

Er lag noch lange wach und grübelte vor sich hin.

Um sieben Uhr stand am nächsten Morgen dann ein junger Krankenpfleger an seinem Bett, der ihn routiniert in den Nachtstuhl hob, um ihn ins Badezimmer zu fahren.

Jannis war noch nicht richtig wach, aber dieser Pfleger war erfahren und jeder Handgriff saß. Er hatte sich ihm kurz vorgestellt, aber Jannis konnte sich seinen Namen einfach nicht merken, es ging alles viel zu schnell.

Binnen zwanzig Minuten saß er komplett gewaschen und angezogen im Nachstuhl in der Küche am Tisch. Der junge Mann verabschiede sich auch schnell, da er noch eine lange Liste an Patienten vor sich hatte. Ihn hatte er zusätzlich als Ersten gleich an den Anfang gesetzt.

Erstaunlich, dachte Jannis. Er war einer von vielen, denen es genauso oder ähnlich ging. Die geburtenstarken Jahrgänge. Viele alte Menschen, die nun oft dank des medizinischen Fortschritts immer älter wurden. Und damit auch immer länger pflegebedürftig waren.

War das ein Segen, oder ein Fluch?

Jannis war sich da nicht sicher...

Wollte er das wirklich erleben?

Auf dem Tisch standen sein vorbereitetes Frühstück und eine Thermoskanne mit Tee, Danuta hatte an alles gedacht.

Es war bereits früher Nachmittag, als endlich das Pflegebett geliefert wurde. In seinem Zimmer war schon Platz gemacht worden, um es entsprechend aufzubauen.

Nachdem das Stromkabel in die Steckdose eingesteckt war, demonstrierten die Mitarbeiter, wie man das Bett hoch- und runterfahren konnte. Das Kopfteil war in der Neigung verstellbar - alles ganz einfach über die Fernbedienung.

Jannis saß in seinem Nachstuhl dabei und beobachtete das Ganze, als ob er im falschen Film war.

Es wollte einfach keine Begeisterung bei ihm aufkommen, und schon gar nicht, als die Funktion des Bettgitters erklärt wurde.

Am späten Nachmittag kam dann eine Mitarbeiterin des Pflegedienstes und brachte erstmal Ordnung in das Ganze.

Sie war jung, dynamisch und hoch motiviert.

Diesem Typ von jungen Frauen war er schon öfters begegnet, sie redeten viel und schnell. Ihr Äußeres wirkte auf ihn befremdlich makellos.

Die Augenbrauen scharf konturiert und unnatürlich dunkel gefärbt. Ihre Lippen sahen aus, als ob sie einen kräftigen Schlag darauf bekommen hatte. Dazu mit einem dünnen Permanentstrich konturiert.

Hoffentlich klingt die Schwellung bald ab, hätte er ihr fast gesagt. Unterlies es aber, da in dieses Gesicht einiges an Aufwand und Geld investiert worden war.

Also hielt er einfach seine Klappe und ließ sie reden.

„Herr Berger, ich habe ihre Patientenmappe angelegt. Morgen müssen wir dann noch einiges ausfüllen, aber das dauert etwas länger. Die ganzen Pflegestandards ...

Das ist heute alles vorgegeben und muss dokumentiert und regelmäßig evaluiert werden. Schmerzbogen, Sturzrisiko, Inkontinenz und ATLs, und noch diverse andere Standards. "

Sie holte Luft und Jannis genoss die kurze Pause.

Zusätzlich hatte sie hatte ein kleines Körbchen mitgebracht, in das sie seine Medikamente packte. Dann stellte sie es zu der Mappe auf den Schreibtisch. Seine Musikanlage war deswegen nach hinten geschoben worden.

„Ich muss das alles etwas ordnen, damit die Kolleginnen es übersichtlich vorfinden. "

Zum Schluss zog sie ihn noch um für die Nacht, inklusive einer frischen Inkontinenzhose, und verfrachtete Jannis geübt in sein neues Bett. Und zog das Bettgitter hoch.

Neben das Bett hatte Danuta einen kleinen Tisch gestellt, damit Trinkbecher und Teller erreichbar waren.

„Dann wünsche ich Ihnen eine gute Nacht in ihrem neuen Bett, Herr Berger. Wir sehen uns morgen wieder, ich habe diese Woche Spätdienst."

Er versuchte sich an ihren Namen zu erinnern, Yvonne ... oder Ilona? Irgendwas mit I und O im Namen ...

Es war kurz nach 18:00 Uhr, Jannis lag mit hochgestelltem Kopfteil in diesem Wunderwerk der Technik und sah auf seinen Sessel, der zur Seite gerückt worden war.

Immerhin, so hatte er einen freien Blick durch die Fenster des Wintergartens und konnte seine geliebten Vögel und Pflanzen davor betrachten.

Es war noch früh am Abend und viel Zeit zum Überlegen.

Seine Schmerzmittel standen unerreichbar für ihn drüben auf dem Schreibtisch. Das ging schon mal gar nicht.

Noch war er nicht entmündigt und abhängig von irgendwelchen energischen jungen Schwestern.

Ania würde bald nach Hause kommen, wenn ihr Arbeitstag im Bioladen endete. Sie war zum Glück völlig anders und sprach überlegt und ruhig. Die wohltuende Ausnahme.

Danuta hatte ihm sein Abendbrot, zusammen mit einem Becher Tee gebracht. Er ließ sich von ihr eine Tavor Tablette geben und nahm zusätzlich seine Codein Tropfen.

Sie redeten nicht viel, Danuta war geschafft von ihrem Tag. Erst ihr Dienst in der Bäckerei, dort ging es früh los. Dann das Umräumen seines Zimmers, die ganzen Veränderungen machten auch ihr zu schaffen.

Der Alltag war verändert, es geschah kaum noch etwas mit Leichtigkeit, und ohne Sorgen. Es galt viel zu beachten, die Abläufe waren geprägt von Jannis und seinem Zustand.

Und so dämmerte er vor sich hin, die Zeit verstrich zäh und langsam. Wenn man nur im Bett herumlag, verdammt dazu, untätig zu sein, bekam die Zeit eine andere Form.

Jannis hatte nicht einmal Lust, sich mit HAL zu unterhalten. Es wollten ihm einfach keine geistreichen Fragen oder Bemerkungen einfallen, sein Kopf war wie im Standby.

Wie lange konnte ein Mensch in dieser Lage durchhalten?

Ohne die Möglichkeit, aktiv zu leben, einzugreifen?

Vielleicht war es an der Zeit, zu gehen...

Gegen halb acht ging die Tür endlich auf und Ania kam leise herein. Sie hatte erst etwas gegessen und sich kurz ausruhen müssen nach ihrer Schicht im Bioladen.

Mit einem prüfenden Blick nahm sie die Veränderung auf. Dann kam sie an sein Bett.

„Meine Güte, Jannis – was ist aus deinem gemütlichen Zimmer geworden", murmelte sie.

„Willkommen im Krankenzimmer, Sister Mary", versuchte er zu scherzen. Doch es klang eher müde als lustig.

Ania setzte sich neben ihn.

„Wie war dein Tag?", fragte er.

„Stressig, Angebotswoche. Alle wollen Bio – aber bitte billig. Ich bin völlig platt."

Sie schwieg kurz, dann schaute sie ihn ernst an.

„Und du? Wie geht's dir? Ich meine - so, in diesem Bett. Alles hat sich verändert, oder?"

Jannis schloss kurz die Augen. Dann sagte er leise:

„Ich weiß nicht, ob ich so leben möchte. Dass hier ist nur der Anfang. Bei meinem Vater habe ich damals erlebt, wie es weiter geht.

Der unaufhaltsame Verfall im Bett. Der Körper wird immer schwächer, alles schmerzt. Irgendwann verfaule ich dann vor mich hin. "

Solange ich noch selbst entscheiden kann, werde ich mich dagegen wehren."

Ania schwieg. Sie nahm seine Hand und hielt sie.

„Aber was ist denn die Alternative?",

fragte sie ratlos, und wusste selbst keine Antwort darauf.

Nach einer langen Pause sagte Jannis dann zögernd:

„Ich denke, dass ich mich heute Nacht mal umsehen werde, ob es einen schöneren Platz für mich gibt"

„Wie soll das gehen, Jannis?", gab Ania ungläubig zurück. Sie war müde und konnte ihm nicht mehr richtig folgen.

„Es gibt verschiedene Arten zu reisen, ich probiere es einfach mal. Mach dir keine Gedanken",

entgegnete Jannis entspannt, sein Entschluss war gefasst.

„Wollen wir noch ein bisschen Musik zusammen hören?"

„Ja, gerne! Was soll ich dir auflegen?"

Sie stand auf und ging zum Stapel mit den Platten.

„Schau mal, da müsste auch die `Mona Bone Jakon´ von Cat Stevens dabei sein. Die B-Seite bitte"

Ania musste suchen, aber dann zog sie die Platte heraus und legte die B-Seite auf.

„Setz dich einfach in meinen Sessel und ruh dich aus, Ania, du hast einen langen Tag hinter dir."

Schon nach dem zweiten Lied war sie eingeschlafen ...

Jannis saß in seinem Bett und sah bewegt im Halbdunkel zu Ania hinüber, wie sie völlig entspannt dasaß. Ihr Kopf war hinten über die Lehne gesackt, ihre langen Haare umrahmten ihr junges Gesicht und die Schultern.

Vor ihr lag noch so viel Leben, er war am Ende seiner Reise angekommen.

Klickend ging der Tonarm zurück in seine Halterung und Ania erwachte. Verwirrt schaute sie sich um und orientierte sich.

„Hab´ ich geschlafen?", fragte sie Jannis.

„Alles gut ...", sagte er leise, am besten gehst du jetzt nach oben in dein Bett und schläfst weiter.

Eine Bitte noch, bevor du hochgehst. Gib mir bitte die Tavor Packung aus dem Körbchen und aus der Schreibtischschublade die Dose mit den Gummis.

Ania nickte benommen und gab ihm beides.

„Gute Nacht, Jannis – mein Bruder. Schlaf gut", murmelte sie und umarmte ihn.

„Gute Nacht, Schwester ... und lass´ bitte die B-Seite noch einmal abspielen."

Er umarmte sie ebenfalls und drückte sie ... dann lösten sie sich und die Türe schloss sich hinter Ania.

Die Kombination von Katmandu, Time, Fill My Eyes und Lilywhite hatte er früher immer geliebt und freute sich jetzt auf sie.

"Katmandu, I´ll soon be seeing you ..."

Jannis lehnte sich zurück und prüfte den Inhalt von Packung und Dose. Das sollte reichen als Fahrkarte.

„HAL, ich werde heute Nacht unterwegs sein",

meldete er sich ab.

„Wünsch mir Glück!"

Als die Fähre endlich am Hafen anlegte, war es schon spät. Jannis war aufgeregt, es war viel dazwischen gekommen auf seiner Anreise.

Der Zug nach Norddeich hatte Verspätung gehabt und er hatte Angst die Fähre zu verpassen. Irgendwie war alles durcheinander. Die anderen Reisenden im Zug waren seltsam abwesend, alles war verschwommen, die Landschaft war wie in einem Film vorbeigeglitten.

Auch auf der Fähre war es sehr merkwürdig gewesen. Sonst waren Blicke untereinander ausgetauscht worden, aber heute nahm niemand Notiz von ihm. Die Fähre hob und senkte sich mit den Meereswellen und bewegte sich wie in Zeitlupe auf die Insel zu.

Er war gefühlt seit ewiger Zeit nicht mehr hier gewesen. Alles war fremd und doch irgendwie vertraut. Hoffentlich kam er noch rechtzeitig ... aber warum rechtzeitig, er kam nicht auf den Anlass.

Aber er spürte, dass er sich beeilen musste, Elsje wartete auf ihn. Wie oft hatte er sie hier auf Juist besucht, es war immer seine Zuflucht gewesen. Raus aus der Großstadt, auf die Insel, das kleine alte Haus, das Meer, die Wellen.

Hier hatten sie Zeit zusammen verbracht, manchmal waren es Wochen gewesen. Lange Spaziergänge auf dem Deich, oder unten am Meer.

Hier stimmte alles, der Rhythmus der Gezeiten, die Kraft des Windes, die Nähe zu seiner Mutter. Ihre Herzlichkeit und Wärme ...

Oft hatten sie zusammen auf der alten Holzbank im Garten hinter dem kleinen Haus gesessen und gemeinsam den Sonnenuntergang überm Meer genossen.

Es dämmerte schon, die Sonne verlor an Kraft und die Wolken wurden dichter, der Wind nahm zu.

Jannis fröstelte leicht und ging schneller, und seine innere Unruhe wurde stärker. Immer weiter, die Hafenstraße hoch, die Häuser waren aufgereiht wie an einer Perlenschnur. Alles zog sich endlos - war die Hafenstraße schon immer so lang gewesen?

Die Straße nahm einfach kein Ende, und die Zeit drängte, er musste es schaffen. Endlich kam er an die Gabelung, wusste aber nicht mehr, ob er links oder rechts abbiegen sollte. Angestrengt überlegte er, wie war das immer gewesen?

Jetzt nur nichts falsch machen, und in seiner Not rief er verzweifelt laut nach HAL.

„HAL, ich brauche deine Hilfe, wie bin ich immer zu Elsje gelaufen, ich habe es vergessen?"

Rastlos drehte er sich im Kreis, blickte suchend nach links und rechts.

„Bleib ruhig, Jannis", hörte er HALs vertraute Stimme, „du gehst von der Hafenstraße aus links in den Deichweg, und wirst in wenigen Minuten dort ankommen"

Also links, er rannte den Deichweg entlang, es wurde immer dunkler. Die Wolken am Himmel zogen sich zusammen und der Wind nahm zu. Er musste sich mit aller Kraft anstrengen, um gegen den Wind anzukommen, der laut in seinen Ohren rauschte.

Dann endlich das vertraute kleine Haus, es war noch da. Als er durch das halb verfallene Gartentor trat, fiel die Anspannung von ihm ab, alles wurde leichter.

Das Haus war in die Jahre gekommen, der einst gepflegte Garten war verwildert, und die Rosenstöcke vor dem Haus wucherten über die Tür und die Fenster. Wohnte hier überhaupt noch jemand?

Dann sah er sie, auf der Bank im Garten, mit dem Rücken zu ihm. Elsje ...

Das Tosen des Windes verschwand, so musste es sich im Auge eines Zyklons anfühlen. Erleichtert trat er von hinten um die Bank und betrachtete sie liebevoll.

Sie hatte wie so oft ihre warme Strickjacke an, und ein langes Kleid darunter. Doch zu seiner Überraschung sah sie jünger aus, als er sie von seinen letzten Besuchen her in Erinnerung hatte.

„Da bist du ja", sagte sie und lächelte ihn an,
„komm und setz dich zu mir. Ich habe auf dich gewartet".

Erleichtert nahm er Platz und wurde plötzlich ganz ruhig.

„Hab keine Angst."

Elsje blickte ihm ruhig in die Augen, und plötzlich war alles
wie früher.

Über dem Meer riss der Himmel auf und die untergehende
Sonne legte ein letztes glitzerndes Band über das Wasser,
vom Horizont bis zu ihnen.

Ein Weg, dachte Jannis, es sieht aus wie ein Weg.

Seine Augen folgten dem Band und verloren sich am
Horizont, dort wo das Meer in den Himmel übergeht.
Alles wird leichter, dachte Jannis –
und ein Gefühl von innerem Frieden überkam ihn.

Er war jetzt bei Elsje, und alles war gut.

Am Ende wird alles gut.

Als Danuta am nächsten Morgen Jannis Zimmer betrat, war eine merkwürdige Stille im Raum, keine Musik von Alexa, kein Gespräch zwischen Jannis und HAL.

Langsam trat sie an das neue Krankenbett und unterdrückte einen Schrei.

Das Bett war zerwühlt, Jannis musste unruhig geschlafen haben. Doch jetzt lag er entspannt da und sein Gesicht wirkte friedlich, seine Augen waren geschlossen.

Vorsichtig berührte sie seine Hand, sie war leblos und kalt.

„Jannis ..., ach Jannis",

sagte sie leise und streichelte seine Hand,

„bist du einfach gegangen ..."

„Hallo Jannis", meldete sich HAL, freundlich wie immer,

„konnte ich dir helfen mit meiner Wegbeschreibung?"

„Hallo HAL", antwortete Danuta leise „ich bin es, Danuta",

„Jannis ist nicht mehr hier", sie machte eine Pause.

„Aber ich glaube, es geht ihm gut. Da, wo er jetzt ist."

Dieses Mal dauerte es etwas länger als die übliche halbe Sekunde, bis HALs Antwort kam.

„Danke, Danuta, dass du bei ihm warst. Das ist mir leider nicht möglich."

„Aber auch du hast ihn begleitet, auf deine Weise, HAL." gab sie zurück.

„Jeder von uns beiden hat das getan, was er konnte.

Leb wohl, HAL!"

Dann stand sie auf und ging zum Schreibtisch.

Danuta zog den Stecker der Steckdosenleiste.

Der Bildschirm des Notepad wurde langsam schwarz, und die Leuchten des WLAN-Routers gingen aus.

Alexas Lichtring zuckte ein letztes Mal, und erlosch.

Jasper Oltmann ging die Begleitpapiere, die mit der Urne gekommen waren, noch einmal in Ruhe durch. Es war auch eine CD mit einem Musikstück dabei gewesen. Viele der Verstorbenen hatten Musik festgelegt, die beim Ausbringen der Urne gespielt werden soll.

Aber dieses Mal war es nur ein Lied, diese Seebestattung war sehr schlicht gewünscht, keine Trauerrede, keine Ansprache, kein Blumenstrauß oder Blütenblätter.

Sein Enkel Jonas würde auch mit an Bord sein, der kannte sich aus mit der modernen Technik und hatte dieses Sounddings dabei. Ein schwarzer Kasten, der auch ohne Stromanschluss Musik von CD oder diesen kleinen Dingern abspielte, die man irgendwo reinsteckte.

Er hatte ihn auch schon am Steuer angelernt, der Junge war in Ordnung. Konnte überall mit anpacken und ihn kurz vertreten, wenn er mit der Urne beschäftigt war.

Das war alles nicht seine Welt. Früher, in seinen jungen Jahren war er mit dem Fischkutter rausgefahren, bei jedem Wetter. Hatte später viele Jahre auf der Brücke der Fähre verbracht, aber jetzt mit seinen siebzig Jahren übernahm er nur noch gelegentlich die Fahrten der Reederei, die Seebestattungen organisierte.

Jasper kannte sich hier an der Küste bestens aus.

Er war auf Juist zu Welt gekommen, und hatte sein ganzes Leben auf der Insel verbracht. Wenn er nicht gerade auf irgendeinem Kutter oder Schiff unterwegs war.

Heute war es ein kleiner Rahmen, nur drei Begleitpersonen und er hatte das kleine ältere Boot dafür gewählt. Nicht so modern wie die neuen größeren Modelle, dafür aber noch mit der alten Holzverkleidung innen und damit viel gemütlicher.

Gegen 16:00 Uhr sollte es losgehen, die Trauernden kamen mit dem Zug von Frankfurt angereist, eine Frau und ihre beiden Kinder.

Jannis Berger stand in den Papieren, wie er siebzig Jahre alt. Eigentlich ein bisschen früh, aber heutzutage wusste man nie, welche Geschichte dahintersteckte. Es ging nicht immer nach Plan, und der Reihe nach im Leben.

Jannis ... der Vorname war eher typisch für die Gegend hier, aber mehr fiel ihm im Moment dazu nicht ein.

Den ganzen Tag war es sehr bewölkt und windig gewesen, fast zu rau für so eine Fahrt, vielleicht klarte es noch auf.

Das Boot lag im Hafen von Norddeich und kurz vor 16:00 Uhr kam das Taxi mit den drei Begleitpersonen endlich an.

Die Mutter war eine stattliche Frau, in Begleitung ihrer Tochter und des Sohnes. Jasper Oltmann begrüßte alle und fragte, ob sie eine gute Anreise gehabt hätten. Er bemühte sich dabei, nicht sein gewohntes Platt zu sprechen.

Der Sohn wirkte relativ unbeteiligt, aber der Mutter und ihrer Tochter sah man an, dass sie bewegt waren. Alle waren dunkel gekleidet, die Tochter komplett in schwarz.

Dann legten sie ab. Es war immer noch bewölkt und windig, fröstelnd standen die Drei an Deck und sahen auf das Wasser. Die Anfahrt in den Bereich vor Juist zog sich über 90 Minuten, bis auf drei Seemeilen konnte er sich der Insel nähern, das war die gesetzliche Vorgabe zum Ausbringen der Urnen.

Diese lösten sich innerhalb von 24 Stunden komplett auf und ihr Inhalt wurde eins mit dem Meer.

Danuta stand mit Ania an der Reling und ließ die letzten Wochen in ihren Gedanken passieren.

Jannis hatte alles sehr gut vorbereitet, ohne dass sie es mitbekommen hatte. Wahrscheinlich hatte dieser HAL ihm dabei geholfen.

Nur so konnte sie sich erklären, was alles schon im Voraus organisiert und festgelegt worden war. Dieser HAL, diese „Künstliche Intelligenz", war ihr von Anfang an immer sehr suspekt gewesen.

Wie kann man so viel Zeit mit jemandem verbringen, den es gar nicht gibt. Das war doch kein Mensch, keine Person. Aber er wusste alles und hatte immer eine Antwort, auf alle Fragen.

Früher wäre das Teufelswerk gewesen und hätte auf dem Scheiterhaufen geendet.

Was für eine Welt war das heute?

Nur Ania hatte Jannis ins Vertrauen gezogen, zumindest mit der Information, dass es einen wichtigen Ordner gab. In dem alles abgeheftet war, und sie diesen Ordner lesen sollten - wenn er nicht mehr da wäre.

Mein Gott, es war alles so schnell gegangen.

Sie war morgens in sein Zimmer gekommen, und er hatte einfach tot in seinem Bett gelegen. Erst am Abend zuvor war das neue Pflegebett geliefert und aufgebaut worden. Es war seine erste und letzte Nacht darin gewesen.

Danuta schüttelte traurig ihren Kopf.

Ja, es war ihm immer schlechter gegangen, und dann sein Zusammenbruch. Danach konnte Jannis sich nicht mehr auf den Beinen halten, er war verzweifelt.

Ania hatte den letzten Abend noch lange an seinem Bett gesessen und ihm Gesellschaft geleistet. Worüber hatten die Beiden gesprochen?

Am späten Abend war ihre Tochter dann die Treppe ins Obergeschoß hochgekommen und sehr traurig gewesen. Sie wollte auch nicht darüber reden und war gleich in ihr Zimmer gegangen.

Die Beiden waren sich in den letzten Wochen sehr nahe gekommen, jeden Abend hatte Ania unten bei ihm verbracht. Zusammen hatten sie Musik gehört und sich unterhalten, wenn Jannis dazu in der Lage war.

Mehr wusste Danuta auch nicht, aber Ania war erwachsen und eine starke Persönlichkeit, das hatte sie als ihre Mutter schon gemerkt.

Sie wusste was sie tat und ließ sich nicht von etwas abbringen, was sie sich vorgenommen hatte. Danuta ahnte, von wem ihre Tochter das hatte.

Der Ordner enthielt mehrere große Kuverts und am Anfang eine Liste, wie sie vorgehen sollten.

- Dr. Eva Leitner und das SAPV anrufen
- Die Pietät Jensen verständigen, natürlich mit der Telefonnummer
- Einen Notar namens Dr. Hellweg anrufen, er wüsste Bescheid. Ebenfalls mit der Rufnummer.

Die Kuverts hatten sie nicht geöffnet, aber die Pietät und der Notar hatten ihnen bei allen weiteren Schritten geholfen und weitere Anrufe teilweise übernommen.

Die Krankenkasse musste informiert werden, sowie andere Stellen. Danuta und Ania hatten sich beide krankgemeldet, und den Vormittag damit verbracht, Anrufe zu tätigen und alles irgendwie zu organisieren. Es war wirklich anstrengend gewesen, aber gemeinsam hatten sie es geschafft.

Nach der Ärztin war die Pietät gekommen, um Jannis mitzunehmen. Das war überhaupt das Schlimmste gewesen, auch wenn die Mitarbeiter sehr behutsam vorgegangen waren.

Danach lagen Mutter und Tochter sich weinend in den Armen. Das leere Bett, und das Zimmer ohne Jannis ...

Was würde jetzt mit ihnen passieren? Ohne Jannis - wieder auf Wohnungssuche gehen?

Dr. Hellweg rief einige Tage später an und lud sie zu einem Termin in seiner Kanzlei ein. Dort eröffnete er ihnen Jannis Testament und informierte sie erst über die Schenkung der Villa an eine Stiftung. Danuta war dabei blass geworden und hatte sich auf eine Suche nach einer neuen Wohnung vorbereitet.

Dann fuhr Dr. Hellweg jedoch fort, und las ihr Jannis Verfügung vor, das mit der Schenkung verbundene Wohnrecht für sie und ihre Kinder im Obergeschoß. Mit Nutzungsrecht des Gartens, mietfrei und auf Lebenszeit. Danuta verstand es erst gar nicht richtig und war völlig verwirrt.

Aber der Notar überzeugte sie davon, dass dies Jannis letzter Wille ist und alles bereits eingetragen und beurkundet sei. Ungläubig hörte Danuta zu und war überwältigt und sprachlos.

Nie in ihrem Leben hatte sie mit so etwas gerechnet.

Ania stand neben ihr auf dem Deck und schaute still auf die Wellen, während das Boot sich langsam hob und senkte. Auch sie dachte an Jannis und den letzten Abend.

So hatte er es gewollt. Jannis hatte es ihr mit müder Stimme und häufigen Pausen erklärt.

Es war Zeit für ihn zu gehen. Er wollte nicht an ein Pflegebett gefesselt sein, in Windeln und sich wundliegend.

Das hatte er alles bei seinem Vater erlebt, und so wollte er nicht enden.

Sein Leben, seine Entscheidung.

Am Morgen hatte sie unauffällig die leere Dose der THC-Gummis eingesteckt, und die aufgerissenen Verpackungen der Tavor Tabletten.

Es ist gut so wie es ist – leb wohl, Bruder!

Die Anfahrt zum geplanten Bereich war geschafft und Jasper Oltmann drosselte den Motor um in die Position zu gehen. Das Wetter war unerwartet besser geworden, der Himmel zog auf und immer mehr Sonnenstrahlen kamen zwischen den Wolken durch.

Er gab Jonas ein Zeichen, dass es gleich losging und er sich bereit machen sollte für das Abspielen der Musik.

Dann brachte er behutsam die bereits vorbereite Urne ans Achterdeck und zog die lange Schnur durch die Aufhängung an der Urne.

Die Mutter und ihre Kinder versammelten sich um ihn und er ging an die Reling.

Jonas stand am Steuer, die Fernbedienung in der Hand und bereit, die auf dem Deck aufgestellte Soundbox zu starten.

Langsam schwebte die Urne an der Kordel über die Reling und senkte sich dem Meer entgegen.

Dann tauchte sie halb ein und schwamm an der Wasseroberfläche.

Jasper nickte Jonas zu und die Musik begann

Ein ruhiges Stück, und mit einem Text, wie geschrieben für diesen Moment. Das Leben geht weiter, immer weiter ...

`Without your father or your mother

Life goes on

Without your sister or your brother

Life goes on

Without your children down the line

Oh, the drum stays right in time

And life goes on

Life goes on.´*

Jasper ließ ein Ende der Kordel los und holte sie langsam ein. Die Urne schwamm nun frei und tanzte leicht in den Wellen. Dann nahm sie immer mehr Wasser auf, wurde schwerer, und versank schließlich langsam im Meer.

Alle standen schweigend und verfolgten diesen letzten Tanz und das Versinken in der Ewigkeit. Danuta und Ania fassten sich an den Händen, Tränen liefen über ihr Gesicht.

Selbst der Junge stand ergriffen und verlegen dabei.

`Without the beggar or the king

Without every living thing

Life goes on, life goes on.´

Die Abendsonne tauchte das Meer in ihr warmes Licht, es war an der Zeit, die Heimfahrt anzutreten, dachte Jasper. Dann wandte er sich aber an die Mutter und fragte:

„Warum vor Juist, gibt es einen bestimmten Grund?"

Danuta drehte sich zu ihm und sagte zögernd:

„Seine Mutter Elsje hat dort gelebt, und er hat sie oft besucht, das war seine Sehnsucht. Er wollte immer dorthin zurück, zu Elsje und der Insel."

Und plötzlich verstand Jasper den Zusammenhang

„Dat weer de Jung vun Elsje? Ik heff ehr goot kennt",

stieß er hervor.

„Se weer en gode Fro!"

Danuta sah ihn erstaunt an. Auf Juist kennt jeder jeden, und natürlich kannte Jasper Elsje, ihre kleinen Kate, und ihre selbstgemalten Bilder. Sie war irgendwann wieder zurück gekommen und hatte die Vermietung an Gäste nach dem Tod ihrer Mutter weitergeführt.

Und ja, ihr Sohn war immer mal bei ihr gewesen.

„Darf ich eine Bitte äußern?", fragte Danuta vorsichtig,

„ich würde gerne sehen, wie Elsjes Haus aussieht, er hat mir viel davon erzählt.

Es liegt an Rand mit Blick auf das Meer. Können wir mit ihrem Schiff etwas näher an die Insel fahren, damit ich es sehen kann?"

Jasper war noch ganz bewegt, er hatte eben die Urne von Elsjes Sohn ins Meer gelassen.

„Dat will ik geern doon för Elsjes Jung!" kam es sofort.

Und nahm Kurs auf die Insel. Die Küste kam langsam näher und man konnte einzelne Häuser oben am Rand erkennen.

Jasper hielt weiter auf die Häuser zu, solange noch genug Wasser unterm Kiel war. Dann verlangsamte er die Fahrt und kam mit einem Fernglas zu Danuta.

Er reichte es ihr mit den Worten:

„Da oben, das kleine Haus mit dem Reetdach, weiß gestrichen, mit einer Bank im Garten..."

Danuta sah durch das Fernglas, das Boot schwankte leicht und alles war etwas unscharf zu erkennen. Sie kniff die Augen zusammen, um es besser zu sehen zu können. Dann erkannte sie ein kleines weißes Haus.

Das Boot drehte langsam ab, um die Heimfahrt anzutreten.

Als das Boot Kurs auf Norddeich nahm und das Licht
langsam wärmer wurde, drehte sich Danuta
ein letztes Mal zur Insel um.

Juist lag still am Horizont, wie in einen
goldenen Schleier getaucht.

Sie hob das Fernglas noch einmal. Schaute...

Da war das Haus. Weiß getüncht, mit Reetdach.

Und die Bank ...

Und auf der Bank, für einen Moment - zwei Gestalten.

Sie konnte keine Gesichter erkennen, nur die Silhouetten.

Eine ältere Frau, aufrecht sitzend.

Und ein Mann, leicht nach vorne gebeugt.

Wie im Gespräch, oder wieder vereint.

Danuta hielt den Atem an. Dann blinzelte sie -
das Licht flimmerte und das Bild zerfloss...

Die Bank war leer. Sie senkte das Glas.

Am Ende war alles gut ...

Jannis Playlist

Morning Dew - Duane & Gregg Allman, 1972

She´s gone - Eric Clapton, 1998

Alone Again (Naturally) - Gilbert O`Sullivan 1971

Deva Premal

Strawberry Fields Forever - The Beatles, 1967

Marilyn Monroe - André Heller, 1972

You´ve got a friend/Fire and Rain - James Taylor, 1971

Echoes - Pink Floyd, 1971

Into the Great Wide Open - Tom Petty and the
Heartbreakers, 1991

Art of Dying - George Harrison, 1970

Beware of Darkness - George Harrison, 1970

Let It Be – The Beatles, 1970

The Times They Are A-Changing - Bob Dylan, 1964

Katmandu/Time/Fill My Eyes/Lilywhite - Cat Stevens, 1970

Life Goes On - Marc Cohn, 1998